Wang Zengqi

Selected Works

U0819299

《汪曾祺别集》编辑委员会

顾问：汪　明　汪　朝
主编：汪　朗
编委：苏　北　龙　冬　顾建平　徐　强
陶庆梅　杨　早　凌云岚　王树兴
宋丽丽　汪　卉　齐　方　李建新

汪朗主编

汪曾祺别集

故里杂记

王树兴编

浙江文艺出版社

一九九一年，作者在故乡高邮的运河上

一九八一年，作者（右三）回故乡高邮探亲，与家人合影

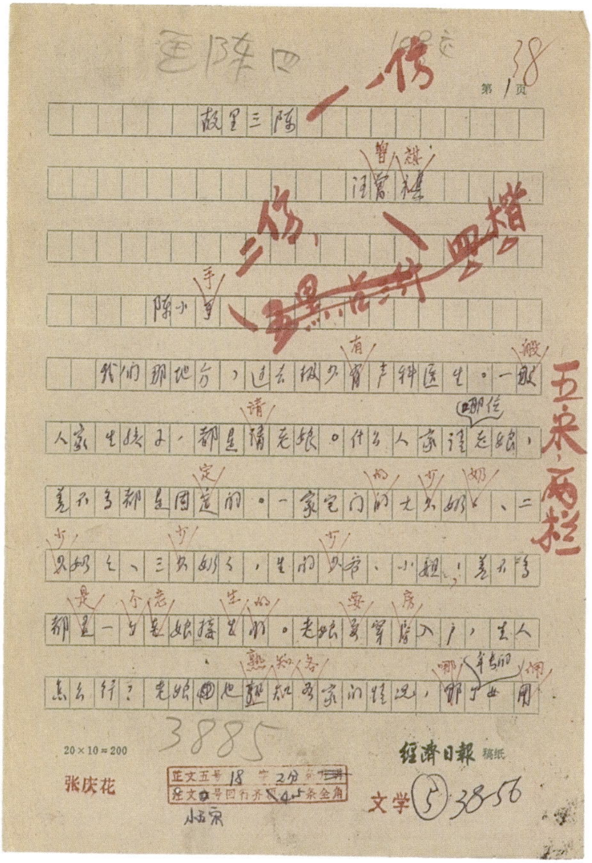

《故里三陈》手稿

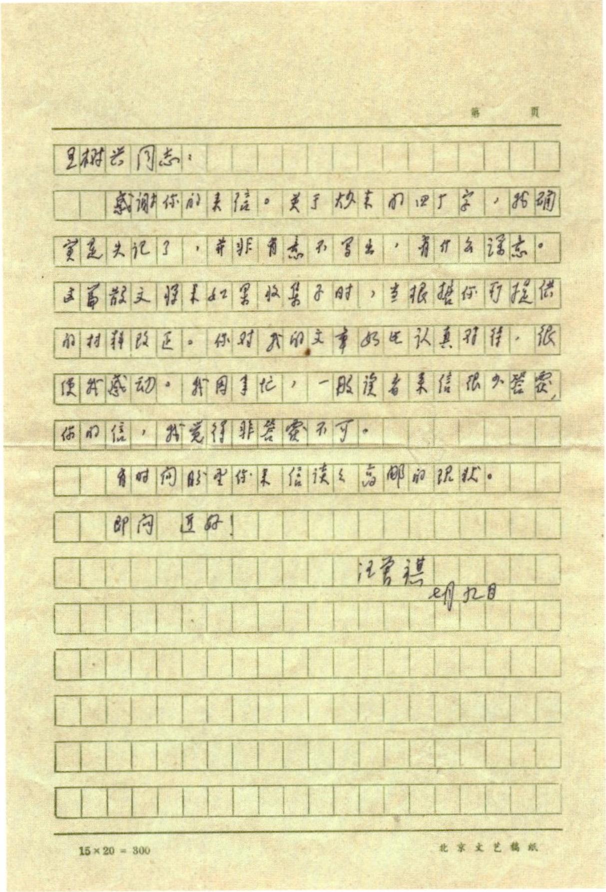
第　页

王树兴同志：

感谢你的来信。关于炒米的四个字，我确实是失记了，并非有意不写出，有什么讳忌。这篇散文将来如果收集子时，当根据你所提供的材料改正。你对我的文章如此认真对待，很使我感动。我因事忙，一般读者来信很少答复，你的信，我觉得非答复不可。

有时间盼望你来信谈谈高邮的现状。

即问　近好！

汪曾祺

七月九日

15×20＝300　北京文艺稿纸

作者致王树兴书信

出版说明

二〇二〇年是作家汪曾祺先生诞辰一百周年。为纪念汪先生，我们编选了这套《汪曾祺别集》。

汪曾祺的老师沈从文先生辞世后，家属借岳麓书社提议出版沈先生作品的机会，与吉首大学沈从文研究室合作，编选了一套二十册袖珍本集子，并根据汪曾祺先生的建议，定名为《沈从文别集》。这套选本款式朴素大方，编选方面的特别处在于，除了旧作，每本书前面增加了一些杂感、日记、检查、书信，以帮助读者更全面地理解作者和他的作品。

《汪曾祺别集》即参照《沈从文别集》的体例，从目前所见的汪曾祺全部作品中精选出二十册小书，在纪念汪先生的同时，向沈先生致敬。

本书大致依体裁、主题分集，希望在编辑、校订方面尽可能精审，遵循的基本原则如下：

一、以初版本或作者改订本为底本，参校以初刊本，作者手稿、手校本。不论所据底本为何种形式，全书统一为简体横排，标点符号统一为新式标点。

二、底本误植处，据校本或上下文可明确推断所误为何，由编者径改；底本与他本相抵牾而无法判断者一仍其旧。

三、可见作者习惯的异体字不做改动；通假字，侧重记音的方言用字，象声词，及外国人名、地名译法，仍存旧貌；意义完全相同的同一字，及同一人、地、物名，在同一篇内保持一致。

四、在早期作品中，作者习惯使用或现代文学创作中尚不规范的“的”、“地”、“得”、“做”、“作”、“那”、“哪”等词用法，不强做规范处理。

五、全书中的数字，除特殊情况外，统一为中文数字形式。

六、题注、收信人简介以仿宋体排于篇首页页下。正文中作者原注和编者注均以脚注形式标在当页。作者原注排为宋体；编者所做的必要注释以“编者注”字样标出，排为仿宋体。

七、独立成段的引文统一使用仿宋体，另行起排，段首缩进两字。

八、每篇文章的题注以脚注形式标在篇首页，排为仿宋体。所注信息包括初次发表时间、报刊名（初刊），初版图书名（初收）等。涉及的初版图书包括以下版本：

《邂逅集》，文化生活出版社一九四九年四月版；

《羊舍的夜晚》，中国少年儿童出版社一九六三年一月版；

《汪曾祺短篇小说选》，北京出版社一九八二年二月版；

《晚饭花集》，人民文学出版社一九八五年三月版；

《汪曾祺自选集》，漓江出版社一九八七年十月版；

《晚翠文谈》，浙江文艺出版社一九八八年三月版；

《茱萸集》，联合文学出版社一九八八年九月版；

《蒲桥集》，作家出版社一九八九年三月版；

《旅食集》，广东旅游出版社一九九二年四月版；

《世界历史名人画传·释迦牟尼》，江苏教育出版社一九九二年七月版；

《汪曾祺小品》，中国人民大学出版社一九九二年十月版；

《中国当代作家选集丛书·汪曾祺》，人民文学出版社一九九二年十二月版；

《汪曾祺散文随笔选集》，沈阳出版社一九九三年六月版；

《菰蒲深处》，浙江文艺出版社一九九三年六月版；

《榆树村杂记》，中国华侨出版社一九九三年九月版；

《草花集》，成都出版社一九九三年九月版；

《汪曾祺文集》（五卷），江苏文艺出版社一九九三年九月版；

《塔上随笔》，群众出版社一九九三年十一月版；

《中国当代名人随笔·汪曾祺卷》，陕西人民出版社一九九三年十二月版；

《矮纸集》，长江文艺出版社一九九六年三月版；

《逝水》，中国青年出版社一九九六年三月版；

《独坐小品》，宁夏人民出版社一九九六年十一月版；

《去年属马》，北京燕山出版社一九九七年八月版；

《中国当代才子书·汪曾祺卷》，长江文艺出版社一九九七年九月版；

《汪曾祺全集》（八卷），北京师范大学出版社一九九八年八月版；

《汪曾祺全集》（十二卷），人民文学出版社二〇一九年一月版。

题注中只列上述书名，不另标注出版时间和出版社名；

《汪曾祺全集》以“北师大版”和“人民文学版”作为区分。

虽已竭尽全力，本书仍可能存在各种问题，期待读者诸君批评指谬。

《汪曾祺别集》编辑委员会

二〇一九年十二月六日

总 序

别集，本来是汪曾祺为老师沈从文的一套书踅摸出的名字，如今用到了他的作品集上。这大概是老头儿生前没想到的。

沈先生的夫人张兆和在《沈从文别集》总序中说：“从文生前，曾有过这样愿望，想把自己的作品好好选一下，印一套袖珍本小册子。不在于如何精美漂亮，不在于如何豪华考究，只要字迹清楚，款式朴素大方，看起来舒服。本子小，便于收藏携带，尤其便于翻阅。”这番话，用来描述《汪曾祺别集》的出版宗旨，也十分合适。简单轻便，宜于阅读，是这套书想要达到的目的。当然，最好还能精致一点。

这套书既然叫别集，似乎总得找出点有“别”于“他集”的地方。想来想去，此书之“别”大约有三：

一是文字总量有点儿不上不下。这套书计划出二十本，约二百万字。比起市面上常见的汪曾祺作品选集，字数要多出不少，收录文章数量自然也多，而且小说、散文、文学评论、剧本、书信等各种体裁作品全有，可以比较全面地反映他的创作风格。若是和人民文学出版社新近出版的《汪曾祺全集》相比，《别集》字数又要少许多。《全集》有十二卷，约四百万字，是《别集》的两倍，还收录了许多老头儿未曾结集出版的文章。不过，《全集》因为收文要全，也有不利之处，就是一些文章的内容有重复，特别是老头儿谈文学创作体会的文章。汪曾祺本不是文艺理论家，但出名之后经常要四处瞎白话儿，车轱辘话来回说，最后都收进了《全集》。这也是没办法的事情。《别集》则可以对文章进行筛选，内容会更精当些。就像一篮子菜，择去一部分，品质总归会好一点儿。

二是编排有点儿不伦不类。这套书在每一本的最前面，大都要刊登老头儿几篇与本书有点儿关联的文章，有书信，有序跋，还有他被打成右派的“罪证”和下放劳动时写的思想汇报。在正文之前添加这些“零碎儿”，可以让读者从多个角度了解汪曾祺其文其人。这种方式算不得独创，《沈从文别集》就是这么编排的，只是一般书很少这么做。也算是一别吧。

再有一点，是编者有点儿良莠不齐。这套书的主持者，以五十岁左右的中年人居多，他们大都对汪曾祺的作品有着深入了解，也编过他的作品集。有的当年常和老头儿一起喝酒聊天，把家里存的好酒都喝得差不多了；有的是专攻现当代文学的博士；有的被评为“第一汪迷”；有的参加过《汪曾祺全集》的编辑；有的对他的戏剧创作有专门研究……这些人能够聚在一起编《汪曾祺别集》，质量当然有保证。其中也有跟着混的，北京话叫“塔儿哄”，就是汪曾祺的孙女和外孙女。她们对老头儿的作品虽然有所了解，但是独立编书还差点儿火候。好在大事都有专家把控，她们挂个名，跟着敲敲边鼓，不至于影响《别集》的质量。

这套《汪曾祺别集》是好是坏，还要读者说了算。

汪 朗

二〇一九年十月二十五日

目　录

小说选

《晚饭花集》自序

一九八一年下半年至一九八三年下半年所写的短篇小说都在这里了。

集名《晚饭花集》，是因为集中有一组以《晚饭花》为题目的小说。不是因为我对这一组小说特别喜欢，而是觉得其他各篇的题目用作集名都不太合适。我对自己写出的作品都还喜欢，无偏爱。读过我的作品的熟人，有人说他喜欢哪一两篇，不喜欢哪一两篇；另一个人的意见也许正好相反。他们问我自己的看法，我常常是笑而不答。

我对晚饭花这种花并不怎么欣赏。我没有从它身上发现过“香远益清”、“出淤泥而不染”之类的品德，也绝对到不了“不可一日无此君”的地步。这是一种很低贱的花，比牵

* 初刊于《读书》一九八四年第一期，初收于《晚饭花集》。

牛花、凤仙花以及北京人叫做“死不了”的草花还要低贱。凤仙花、“死不了”，间或还有卖的，谁见过花市上卖过晚饭花？这种花公园里不种，画家不画，诗人不题咏。它的缺点一是无姿态，二是叶子太多，铺铺拉拉，重重叠叠，乱乱哄哄地一大堆。颜色又是浓绿的。就算是需要进行光合作用，取得养分，也用不着生出这样多的叶子呀，这真是一种毫无节制的浪费！三是花形还好玩，但也不算美，一个长柄的小喇叭。颜色以深胭脂红的为多，也有白的和黄的。这种花很易串种。黄花、白花的瓣上往往有不规则的红色细条纹。花多，且细碎。这种花用“村”、“俗”来形容，都不为过。最恰当的还是北京人爱用的一个字：“怯”。北京人称晚饭花为野茉莉，实在是抬举它了。它跟茉莉可以说毫不相干，也一定不会是属于同一科，枝、叶、花形都不相似。把它和茉莉拉扯在一起，可能是因为它有一点淡淡的清香，——然而也不像茉莉的气味。只有一个“野”字它倒是当之无愧的。它是几乎不用种的，随便丢几粒种籽到土里，它就会赫然地长出了一大丛。结了籽，落进土中，第二年就会长出更大的几丛，只要有一点空地，全给你占得满满的，一点也不客气。它不怕旱，不怕涝，不用浇水，不用施肥，不得病，也没见它生过虫。这算是什么花呢？然而不是花又是什么呢？你总不能说它是庄稼，是蔬菜，是药材。虽然吴其濬说它的种籽的黑皮里有一囊白粉，可食；叶可为蔬，如马兰头；俚医用其根治吐血，但我没有见到有人吃过，服用过。那就还算它是一种花吧。

我的小说和晚饭花无相似处，但其无足珍贵则同。

我的对于晚饭花还有一点好感，是和我的童年的记忆有关系的。我家的荒废的后园的一个旧花台上长着一丛晚饭花。晚饭以后，我常常到废园里捉蜻蜓，一捉能捉几十只。选两只放在帐子里让它吃蚊子（我没见过蜻蜓吃蚊子，但我相信它是吃的），其余的装在一个大鸟笼里，第二天一早又把它们全放了。我在别的花木枝头捉，也在晚饭花上捉。因此我的眼睛里每天都有晚饭花。看到晚饭花，我就觉得一天的酷暑过去了，凉意暗暗地从草丛里生了出来，身上的痱子也不痒了，很舒服；有时也会想到又过了一天，小小年纪，也感到一点惆怅，很淡很淡的惆怅。而且觉得有点寂寞，白菊花茶一样的寂寞。

我的儿子曾问过我："《晚饭花》里的李小龙是你自己吧？"我说："是的。"我就像李小龙一样，喜欢随处留连，东张西望。我所写的人物都像王玉英[1]一样，是我每天要看的一幅画。这些画幅吸引着我，使我对生活产生兴趣，使我的心柔软而充实。而当我所倾心的画中人遭到命运的不公平的

1　初版本误为"王玉真"。——编者注

播弄时，我也像李小龙那样觉得很气愤。便是现在，我也还常常为一些与我无关的事而发出带孩子气的气愤。这种倾心和气愤，大概就是我自己称之为抒情现实主义的心理基础。

这一集，从形式上看，如果说有什么特点，是有一些以三个小短篇为一组的小说。数了数，竟有六组。这些小短篇的组合，有的有点外部的或内部的联系。比如《故里三陈》写的三个人都姓陈；《钓人的孩子》所写的都是与钱有关的小故事。有的则没有联系，不能构成"组曲"，如《小说三篇》，其实可以各自成篇。至于为什么总是三篇为一组，也没有什么道理，只是因一篇太单，两篇还不足，三篇才够"一卖"。"事不过三"，三请诸葛亮，三戏白牡丹，都是三。一二三，才够意思。

我写短小说，一是中国本有用极简的笔墨摹写人事的传统，《世说新语》是突出的代表。其后不绝如缕。我爱读宋人的笔记甚于唐人传奇。《梦溪笔谈》、《容斋随笔》记人事部分我都很喜欢。归有光的《寒花葬志》、龚定盦的《记王隐君》，我觉得都可当小说看。

第二是我过去就曾经写过一些记人事的短文。当时是当作散文诗来写的。这一集中的有些篇，如《钓人的孩子》、《职业》、《求雨》，就还有点散文诗的味道。散文诗和小说的分界处只有一道篱笆，并无墙壁（阿左林和废名的某些小说实际上是散文诗）。我一直以为短篇小说应该有一点散文诗的成分。把散文诗编入小说集，并非自我作古，我看到有些外国作家就这样办过。

第三，这和作者的气质有关，倪云林一辈子只能画平远小景，他不能像范宽一样气势雄豪，也不能像王蒙一样烟云满纸。我也爱看金碧山水和工笔重彩人物，但我画不来。我的调色碟里没有颜色，只有墨，从渴墨焦墨到浅得像清水一样的淡墨。有一次以矮纸尺幅画初春野树，觉得需要一点绿，我就挤了一点菠菜汁在上面。我的小说也像我的画一样，逸笔草草，不求形似。又我的小说往往是应刊物的急索，短稿较易承命。书被催成墨未浓，殊难计其工拙。

这一集里的小说和《汪曾祺短篇小说选》（北京出版社一九八二年出版），在思想上和方法上有些什么不同？很难说。几年的功夫，很难看出一个作者的作品有多少明显的变化。到了我这样的年龄，很难像青年作家一样会产生飞跃。我不像毕加索那样多变。不过比较而言，也可以说出一些。

从思想情绪上说，前一集更明朗欢快一些。那一集小说明显地受了三中全会的间接影响。三中全会一开，全国人民思想解放，情绪活跃，我的一些作品（如《受戒》、《大淖记事》）的调子是很轻快的。现在到了扎扎实实建设社会主义的时候了，现在是为经济的全面起飞作准备的阶段，人们都由欢欣鼓舞转向深思。我也不例外，小说的内容渐趋沉着。如果说前一集的小说较多抒情性，这一集则较多哲理性。我的作品和政治结合得不紧，但我这个人并不脱离政治。我的感怀寄托是和当前社会政治背景息息相关的。必须先论世，然后可以知人。离开了大的政治社会背景来分析作家个人的思想，是说不清楚的。我想，这是唯物主义的方法。当然，说不同，只是相对而言。如果把这一集的小说编入上一集，或把上一集的编入这一集，皆无不可。大体上，这两集都可以说是一个不乏热情，还算善良的中国作家八十年代初期的思想的记录。

在文风上，我是更有意识地写得平淡的。但我不能一味地平淡。一味平淡，就会流于枯瘦。枯瘦是衰老的迹象。我还不太服老。我愿意把平淡和奇崛结合起来。我的语言一般是流畅自然的，但时时会跳出一两个奇句、古句、拗句，甚至有点像是外国作家写出来的带洋味儿的句子。老夫聊发少年狂，诸君其能许我乎？另一点是，我是更有意识地吸收民族传统的，在叙述方法上有时简直有点像旧小说，但是有时忽然来一点现代派的手法，意象、比喻，都是从外国移来的。这一点和前一点其实是一回事。奇，往往就有点洋。但是，我追求的是和谐。我希望溶奇崛于平淡，纳外来于传统，能把它们揉在一起。奇和洋为了“醒脾”，但不能瞧着扎眼，“硌生”。

我已经六十三岁，执笔为文，不免有“晚了”之感，但思想好像还灵活，希望能抓紧时间，再写出一点。曾为友人画冬日菊花，题诗一首：

新沏清茶饭后烟，
自搔短发负晴暄。
枝头残菊开还好，
留得秋光过小年。

愿以自勉，且慰我的同代人。

如果继续写下去，应该写出一点更深刻，更有分量的东西。

是为序。

一九八三年九月一日

汪曾祺访谈录

陈永平

一九九五年初秋　北京蒲黄榆 汪曾祺家中

陈永平：汪先生，我们从家乡给您带了一样礼物：两只野鸭。您写了许多跟水有关的作品，对野鸭一定不陌生。

汪曾祺：是。《大淖记事》里不是有个沙洲吗，沙洲上面可以拾到野鸭蛋。野鸭在美国很受尊重的，过马路，车都停下来，让它过去。

陈永平：这是家养野鸭。养鸭人很厉害，把野鸭放出去养，晚上唤回来上窝。

汪曾祺：野鸭拔毛是个麻烦事。野鸭皮嫩，不能拿开水烫，一烫皮就掉了。高邮人卖野鸭子，代人拔鸭毛，干拔，弄个麻袋，（做手势）这样薅。他不收薅毛钱，鸭毛值钱。

杀鸽子是用铜钱，就是制钱，往嘴上一套——憋死了。

陈永平：把这些写下来就是文章，像陆建华先生（文学评论家，《汪曾祺评传》作者，高邮籍）说的：动人的风俗画。

汪曾祺：第一次提出风俗画的，是老作家严文井。他说："你这种写法是风俗画的写法，这种写法很难。"因为几乎都是白描。

陈永平：所以高邮有一句话：古有秦少游，今有汪曾祺。

汪曾祺：文游台四贤祠里头，有一位孙莘老，黄山谷（庭坚）的老丈人，是很有名的大人物啊，高邮没人研究他。这几年对王西楼（磐）比较重视了，以前高邮人不知道。我也觉得是个谜，王西楼写散曲，散曲是北方话，他是高邮人（南方人），怎么能写散曲呢？他不去押那个韵，我不知什么道理。现在高邮就知道那句话："王西楼嫁女儿——话（画）多银子少。"他是南曲——实际是北曲——之祖，南曲之冠。

代表高邮学术水平的，有一个叫孙云铸，他是搞古生物的，三叶虫之类，有些地质上的命名是由他定的。我考上大学时，他已经是教授了；还有一个是我的堂弟，叫汪曾炜。他在沈阳军区医院，是全国有名的胸外科专家，经常参加国际会议。小时候皮得不得了，老挨高（北溟）先生打手心，他贪玩啊，什么都玩！掏蛐蛐，抓叫油子——蝈蝈，放风筝。他踢毽子比赛得过高邮冠军。他后来发奋读书，立刻改变形象。

陈永平：我们回忆儿时的经历，总是经久不忘，历历在目。

汪曾祺：小时候最兴奋的日子是“迎会”。把城隍菩萨抬出来，热闹地转一个圈儿，安置在另一个庙里，他们叫行宫，再用八人抬的大驾接回城隍庙；泰山庙现在没有了，就在文游台前面。好多地方对泰山非常敬畏，我写过《泰山片石》，泰山神就是《封神榜》上的黄飞虎，黄飞虎管人的生死，具体是管人的死的，人死后先得吊销户口（笑），人的善恶，一生的所作所为，他清清楚楚。所以香火很盛。

陈永平：您提到文游台。您曾经引用鲁迅的话，调侃国人有八景癖，您还是写了高邮八景，《文游台》、《露筋晓月》、《耿庙神灯》。

汪曾祺：高邮八景里最有名的当然是文游台。八景里有些故事本来很美的，高邮人把它传讹了，就是《鹿女丹泉》，我发表时把故事重新处理了。我跟朱延庆（文学评论家、鉴赏家，高邮籍）说，我对“露筋晓月”的故事最没兴趣，这是一个非常残酷的宣传贞操观念的故事，而且从宋朝就有人怀疑，蚊子是吸血的，又不吃肉，蚊子叮，你拍打拍打嘛，没听说把筋咬露出来。

陈永平：您写几十年前的故事，把过去的生活积累，通过回忆，再加工，再创作，最后以文字的形式表现出来。就像牛反刍，不停地咀嚼。

汪曾祺：有些是生活积累，更重要的是对生活本身思索的结果。我觉得，作家对生活要有独特的感受、独特的认识，对生活进行不断的再思索，看看这段生活到底有什么意义。

我写作品的题材以几个地方为背景，一个家乡的，一个昆明，另外张家口，还有北京，上海只有一篇。一家出版社要出我的所谓作品精选，我写了个自序，我说我写的篇数最多，写的时间跨度比较长的，是以家乡为背景的作品。现在看，写得比较多，而且写得比较好的，还是写高邮的东西。

我生活最久的，高邮人称“东头街上”，就是东大街，人民路。我们家大门和后门都开在科甲巷。

陈永平：那个巷子应该有人出过功名。

汪曾祺：小巷子，也没人出过大功名。我的曾祖父是举人，祖父是拔贡，我家算是个科甲门第。也可能原来就叫科甲巷。

陈永平：那一带还有一个汪家巷，应该跟您有关。

汪曾祺：汪家巷是我们家祠堂所在的地方，后来由我的叔祖父两房住，四房和六房。

我流连得比较多的，是从草巷口到新巷口，我每天上学放学都要经过这儿。我有一个特点，喜欢东张张西望望。有人问我："你怎么成为作家呀？"我说就是东张张西望望成为一个作家。也的确是这样，所谓东张张西望望，说明你对生活充满了兴趣，生活本身是很有意思的。

你说得对，对自己童年时候的生活，回忆起来总是很生动。我十七岁以前在家乡，没想过以后会写作，会写以家乡为题材的作品。有人问我那儿子："你爸爸是不是随身带个小本儿，有什么事记下来，不然他怎么记得那么清楚？"那时候没带小本儿的习惯，那时候的小本儿，是作文本儿，毛边纸，怎么能揣身上呢？用不着记，就是忘不了。我对家乡的记忆，有一点是别的作家不太多的，我写了很多市民层、小人物的生活，一般都是店员啦，做小买卖的啦，和尚道士。当时我不感觉这些人有多大缺点，当然今天看市民层，它有很大的封闭性。到后来，《鸡鸭名家》以后，我有意识从这些人身上发现美，不把市民写成市侩，这些人有他非常可贵的地方。

要能记住当年的生活，记住你的生活原型，首先要接触生活，从生活中感受吸引你的东西。我在台湾发表小说《仁慧》，写尼姑的。那是观音庵的尼姑，有这么个人。观音庵管事的尼姑无能，仁慧把观音庵管起来，让一个没落颓败的庵振兴起来。我跟她比较熟，我祖母经常上观音庵去，观音庵好像我们家的家庙似的，我祖母上观音庵都是我陪，能记不住吗？仁慧非常漂亮聪明，过去尼姑只念经，她学着放焰口，学成了。越塘到科甲巷之间，有一个侉奶奶，靠纳鞋底子过日子。她种了十来棵榆树，她不卖，结果她死以后，——她也没什么亲人，别人还是把树卖了，替她打了一口棺材。这看起来是很普通的生活，但内在有悲剧性，这就是能够吸引你的地方。我根据那段生活写了小说《侉奶奶》[1]。

陈永平：您执笔改编了京剧《沙家浜》，恕我直言，那是“三突出”的东西，很难想象，《沙家浜》的作者会写出《受戒》。

汪曾祺：这有个大的政治背景。十一届三中全会以后，四次作代会上有一个祝辞，鼓励解放思想，鼓励创作自由，许多作家已经开始摆脱样板戏的影响。在这样的大背景下，我写出了《受戒》。我的同事也问我怎么写这么一篇小说。

陈永平：已经发表了吗？[2]

汪曾祺：还没有。我为什么要塑造小英子这个形象？我感觉农村的小姑娘，在思想上比城里富庶人家的女儿少一点束缚，比较爽朗，她另有一种健康的美。我的表姐表妹、女

1　当指《故里杂记》中的《榆树》。——编者注

2　指汪曾祺的同事询问时，《受戒》是否发表。——编者注

同学，都忸怩作态。农村的女孩儿没这一套。我说我要写，我要把它写得很健康，很美。发表以后人们问，你这篇小说写的是什么，我说，就是写的人的美，人的健康的美。

陈永平：《受戒》里的庵赵庄我知道，在东墩乡，现在叫昌农村。

汪曾祺：庵赵庄有点特别的，是因为有和尚庵。很小，当时就住了两家人，一家是我们家，一家住着沙铁汉的儿子。沙铁汉也很怪，他每天喝那个回龙汤，就是自己的尿。日本人信这个，早起第一件事是把夜里排的尿喝了。——沙铁汉留一把胡子，精神很好。

《受戒》里老和尚住的禅房刻了一副对联："一花一世界；三藐三菩提。""一花一世界"的哲学感，我小时候就有，一朵小花里一个世界，但是，"三藐三菩提"我就不懂。直到解放以后，遇到武昌归元寺的方丈，这个和尚读过三个佛学院。我请教他"三藐三菩提"什么意思，他说这是个咒语——和尚不是念咒吗——你不能用汉语去写实。

陈永平：您在《受戒》的最后，注上年月日，特别加了一句："记四十三年前的一个梦。"这个梦是否指您的一种朦胧的情感？

汪曾祺：就是我的初恋感情，或者说是爱情的初步萌发。我住那儿的时候，也就是《受戒》里明子那个岁数，跟她（小英子）一起去打场，一起插秧，“揼”荸荠。

陈永平：您在文章里说，您作品里的人物几乎都可以找到原型。

汪曾祺：让我（凭空）编出个人物、编出个故事来，我没这个本事。当然虚构的成分可能比较大，《大淖记事》很多地方属于移花接木。我上次回去，到大淖看过，我写的沙洲，可以上去捡野鸭蛋的沙洲已经不存在了。大淖河水污染得一塌糊涂，很难想象，那河水已经不是黄的了，像一条流酱油的河。大淖原来有几个炕坊，包括我写的浆坊，后来没有了，——现在谁还浆衣服。从大淖河边往上走，有一条小巷，还有当年的痕迹，没弄清具体哪儿像，感觉那儿的空气跟过去像，呼吸带着原来的味儿。

陈永平：大淖原来跟澄子河通，所以才可以到一沟、二沟、三垛。我老家在农村，我小时候回去，走水路也从大淖乘船。

汪曾祺：《大淖记事》里有些不完全是大淖的生活。那个锡匠被保安队打死过去，巧云拿尿碱（救锡匠十一子），这个事情有，当时比较轰动。

陈永平：锡匠们把担子挑着，不声不响地在大街上走，像带有中世纪色彩的群众游行。

汪曾祺：不知道怎么一个风俗，认为老百姓有冤屈，县政府不管，他们闹几天，可以把县大堂烧掉。

巧云这一家倒是生活在大淖，我小时候特地去看这个女的，去的时候，她家里黑乎乎的，她一个人在床上坐着，也没看个所以然来。她那种坚强执着的性格，不是那个女的，不是那个原型。我们家这边过来（做手势）不是越塘嘛，越塘起头的地方有一家人姓戴，丈夫是个轿夫，他后来得了血丝虫病——象腿病。靠腿脚吃饭的人，腿脚不灵了。轿夫的老婆平常看也不怎么精干，她当起挑夫。女挑夫跟男挑夫挑一样多。我把这两个故事结合到一起了。

陈永平：“移花接木”，大概是您小说创作的常态。

汪曾祺：《岁寒三友》的故事是三合一，靳彝甫、王寿吾、陶虎臣，这三个人跟我父亲是朋友。我父亲跟王寿吾、陶虎臣特别好，陶虎臣在草巷口拐弯的地方开店卖鞭炮。陶虎臣的原名叫陶汝，陶汝的女儿卖给人，他自己上吊，这个故事有。这些人里他们的子女，其中一个就是朱延庆。本来这三个人的故事并不在一起，我通过他们的遭遇，特别是通过陶汝女儿的遭遇，把它捏合在一起。靳彝甫这个名字没有改，王寿吾好像也没改。

有的完全是一点印象，就像《八千岁》。八千岁这个人我倒是认识，他的穿戴很特别，穿二马裾的长袍，到这儿（将裤脚撸至小腿部位），他说下边没用（笑）。我经常从他家门口过，（看见他）穿得很朴素，吃得也很简单。不知他怎么发的家，人们认为就是靠八千钱，就是八吊钱，靠八吊钱发家不可能啊！叫他八千岁带有很大的贬义。《八千岁》没有现成的故事，八舅太爷敲他的竹杠，也没有。

陈永平：您仅仅认识这个人，然后就能“敷衍”出一篇故事来。《八千岁》是高邮几十年前的生活，《皮凤三楦房子》是今天的生活，您怎么写了高大头？

汪曾祺：我回乡在高邮一招住，每天出来遛弯，都要经过高大头的门前。

陈永平：您跟他聊天？

汪曾祺：没聊过。他告房管局的局长，局长给撤掉了，这个事儿是高大头干的。他还给我寄材料，希望我写个续篇，我说这个事儿不能干。他在高邮大家对他都很关注，他的女儿是个体户中的劳模，人家介绍她，说她的父亲就是汪老所写的高大头（笑）。

陈永平：有的作品里有您自己的影子。比如《云致秋行状》里的老汪，《昙花》[1]里的李小龙。

汪曾祺：李小龙就是上初中时候的我。

陈永平：我认识一位老太太，年轻时候在你家做过事。她印象最深的是，您的一个亲戚的房里，珠子灯的珠子往下

1 指《昙花、鹤和鬼火》。——编者注

掉。您的小说《珠子灯》是写实。

汪曾祺：我写的我的二伯母，她那盏灯是真有。我二伯比较革命，他崇拜的革命人物不是孙中山，是黄兴。他那个脾气！有次上历史课，教员批评了几句黄兴，他走上去“咣咣”打了教员俩耳刮子（笑）。他的死跟他性格有关，镇江码头敲竹杠很厉害，他一赌气，把几个箱子挑上肩，受了内伤。对传统礼教下的妇女来说，丈夫去世，她也就死了，双重悲剧。

陈永平：您小说里人物的生活原型大多不健在了。

汪曾祺：小英子还在（小英子的生活原型于此次专访后一个月去世——作者注）。《徙》里面，高雪是死了，汪厚基还在。高雪小时候长得也不怎么好看，女大十八变，她上师范以后就很好看了。金实秋（文学评论家，楹联专家）听说汪厚基还随身带着高雪的照片，他好奇，他还要来看过。汪厚基八十多岁了，比我大几岁。

陈永平：看您的小说《金冬心》，光看里边的菜名，就已经垂涎欲滴了。

汪曾祺：（大笑）我们原来的邻居，父亲是新华社记者，也写小说。儿子看《金冬心》，看那么长的菜单儿，对父亲说：“瞧，人家汪叔叔能够写出那么多菜，你就会粉条炖肉，那你能写出什么来。”他父亲是东北人，东北人饮食很“粗放”的。我说你们不是“精饲料”喂养（笑）。

陈永平：我听说很多作家喜欢您做的菜。

汪曾祺：中华文学基金会，有个作家出个馊点子，让能做菜的作家轮流挂牌，今天谁主厨，明天谁主厨，第一个就让我主厨。我说：“你饶了我吧。”我在美国煮过一次茶叶蛋，后来新西兰的一个诗人问我，那个鸡蛋是怎么做的，他很难想象，茶叶可以跟鸡蛋煮在一起。聂华苓在北京，她说老吃馆子（腻了），叫老汪做，我给他们做了。其实很简单：煮干丝。北京没有干丝，我就用豆腐片儿做，切得很细，配料很好，聂华苓端起大碗都喝掉了（笑）。你要注意，做的菜要引起他（她）的联想。还有一个作家叫陈怡真，跟陈映真差一个字，她也让我给她做菜，那时正好杨花萝卜——北京叫小萝卜——上市，就是一个烧杨花萝卜，但配料是干贝，煨的汤。

陈永平：这一段您的文章里谈到过，她没吃完，带回饭店去了。

汪曾祺：那是另外一个菜，一个云南菜。

陈永平：您写小说，也写散文、随笔，而您的职业却是编剧。

汪曾祺：上海《文汇周刊》[1]的编辑梅朵，文艺界人士最

1 《文汇周刊》应为《文汇月刊》。——编者注

怕他：梅朵梅朵没法躲。他盯上你，又是电报，又是长途。他见到我说："我的印象你是写小说、散文的，而且你的小说比较现代派。你一个搞现代派的人怎么搞京剧？"搞京剧是非常偶然的。我在《民间文学》编辑部，下不去。当时要求反映现实，配合任务。所谓反映现实，实际不仅是政治的主题，作品就是政策的体现，图解政策。我下不去怎么写？王亚平——也是我的老师了——他当时是秘书长（北京市文联），他说你下不去就改编个京剧剧本吧。那一年正好纪念吴敬梓诞辰，我就写《范进中举》。我把范进作为一个扭曲的人来写，一个不正常的、变态心理的人。虽然是老形式，思想还是比较现代的。写完了，就放（编辑）那儿了。北京市分管文化的副市长王昆仑，他跟（剧院）创作室的人说："你们老说没有剧本，把你们的抽屉打开，拿几本我看看。"一看之后，他说："这个戏（《范进中举》）就可以演嘛！"然后他约我跟戏的主角奚啸伯见面。奚啸伯是票友出身，唱得很讲究，但那里边要求有舞蹈动作，（奚啸伯不行，）演出效果不是我原来想的样子。这个戏在北京市戏曲汇演中得了一等奖，朋友跟我开玩笑，说我是斯大林奖金获得者。

我对京剧这种形式是熟悉的。我的父亲拉胡琴，我小时候也能唱几句儿，我是在京剧环境里长大的。一九五八年我被打成右派，下放到张家口沙岭子劳动，我摘帽子摘得比较早，摘了帽子就想调回北京——我妻子、孩子不是还在北京嘛，原单位不要我。当时把我打成右派，就是有些人要“拔白旗”。我是《民间文学》的执行编委，实际是副主编，这个位置在刊物上是有实权的，弄一个党外人士在那儿，他们就“拔白旗”，现在还是不要我。北京市委的一个领导是个票友，喜欢唱戏，他说：“这个人可以用，把他调回来。”我的户口已经调下去了，调回来很不容易，我当时饥不择食，有个地方安插我就行。后来就搞了京剧。江青从上海带来两个本子：一个是《革命自有后来人》，就是后来的《红灯记》；一个是《芦荡火种》，就是后来的《沙家浜》。江青要抓革命现代戏，那时还不叫样板戏，找几个人，北京京剧院的党委书记、院长，一个主任，还有我，四个人成立一个小班子，改编江青推荐的《芦荡火种》。江青不能说在艺术上完全无知，她看了说：“这个唱词写得不错。”问谁写的。然后就由我主写了。

陈永平：其他革命现代戏您有参与吗？

汪曾祺：还有一个《杜鹃山》，别的没有。我有个正统观点：小说才是正统文学，其他都是边边沿沿的东西。

陈永平：但是您写了大量散文。

汪曾祺：我的散文、小品、随笔写得很好的很少。

陈永平：评论界认为您的散文不让小说。

汪曾祺：那怎么认为都行。

陈永平：我们读您的散文作品，包括《七十书怀》、《随遇而安》，都有一个共同的感受：淡泊。

汪曾祺：文艺界都说我是个淡泊的作家，包括文风、人品。我也不清楚怎么叫淡泊。不淡泊是很难想象的。淡泊的对立面无非是热衷名利，这个我是不怎么太追求的。

陈永平：（二十世纪）八十年代以后，您三回故乡。您还有回乡的计划吗？

汪曾祺：如果回去，我想住得时间长一点，写点东西。现在看起来，我的创作源泉还是高邮，而且还不到枯竭的时候，还有得可写。

陈永平：谢谢先生接受我的采访。

（原载于《翠苑》二〇一四年第六期）

致汪丽纹[1]　一九八二年六月二十七日

丽纹：

寄来我的小说选二十二本，请按扉页上所书人名代为分发。大姐姐、瑞纹的书我将直接寄到镇江万家巷。我向新华书店订了三百本，书店只给了我二百五十本，因此各处赠书只好稍打折扣。据出版社告诉我，外国对我的作品颇为注意，英国、美国都有人写了文章，美国还有一个什么“汪曾祺研究小组”，他们认为我很可能要出国，出国要带书，叫我无论如何要留一部分，免得到时候措手不及。我东送西送，存书已经不多，只好压下几十本。

小玲结婚，你们怎不事先告我？我想送她一点什么，也来不及了。等以后再说吧。

海珊为婚事托我给李县长写一封信，已写了，不知有无作用。这位老先生把李县长的名字写错了，写成“李顺兴”，我看陆建华开给我的赠书名单，应是“李舜心”。我的信上把人家的名字也写错了，真是抱歉。

我一切均好，只是文债丛集，应接不暇。前些时到四川玩了一趟，四川省作协为我们五个人花了四千块钱，怎么也得给人家写一点东西。江西、湖南、大连都约我去，我实在

1　汪丽纹，一九四一年生，江苏高邮人，作者异母妹。

有点害怕了。下月可能要到河西走廊去走走。

你们送我的蟹油有一瓶还没有动，放在邻居家的冰箱里，也不知坏了没有。

我很想明年回高邮住几个月，不知能不能实现。

高大头给我来了几封信，我没有回。如有人问起那篇小说，你们解释一下：很多事是虚构，不要当作完全真有其事，这是小说，不是报道。

事忙，书甚草草。

问娘安好！问你们大家好！

大哥哥　六月廿七日

致金家渝[1]　一九八三年一月十八日

家渝：

前几天我正想给你写一封信，恰好今天收到你的信，这两天我身体又不太好，在家休息，没有做什么事，就先把这封信写了，——过两天一忙，就又没有时间了（我没有什么

1　金家渝，一九三四年生，江苏高邮人，作者妹婿（妻汪丽纹），医生。

病，只是血压不稳定，有时接近正常）。

想给你写信，是我忽然想起新风巷口打烧饼的那个“七拳半”。我对他这个外号很感兴趣，想起也许可以写一篇小说，通过这个人，反映一下在新的经济政策之下，个体户的生活的变化。你帮我了解了解他的情况：他的身世，他家有几个人，他结婚了没有，他打烧饼的手艺如何，他跟哪些人来往，他业余有些什么兴趣，他说话有些什么习惯，他的“人缘”好不好，他晚上住在店里还是家里，……总而言之，有关他的一切。而且我很想了解一下类似这样的个体户的种种情况。这事不着急，你有空时打听打听即可。打听时不要露什么痕迹，不要告诉人了解这些干什么。我只想积累一些资料，这样间接了解，也是不大可能写出作品来的，像写出高大头那样的小说，是很偶然的。

陆建华找你了解那些事，是想写文章。他已经发表了有关我的好几篇论文，还想写一篇全面的《汪曾祺论》。其实写《论》也无须了解我的祖父、父母亲。他一定要问，你们可以把太爷、爷的名字告诉他。太爷的功名是“拔贡”，会看眼科，——大概我们的祖先从安徽迁来时就是以眼科医生为业的。爷会画画，刻图章。爷的为人，可以让他向别人了解，我们自己家里人说起来不便。倒是可以告诉他，爷是很聪明的，手很巧，做什么事（比如糊个风筝）都很细心，很有耐心。我的小说写得比较讲究，不马虎，这大概倒是跟爷这点“遗传”有点关系。另外，爷的生活兴趣很广泛，我的小说的不少材料都是从爷那里得来的，小说里的一些人物都是爷的熟人、朋友……这些，只要不是“吹牛”，不妨跟他谈谈。但要向他说明，要写这些，也要写得准确、朴素一点，千万不要夸张。有些情况，他可找张廷猷、刘子平等人了解。甚至王小二子的儿子、保全堂原来的那个先生、连万顺家的人……都可以给他提供一点情况。小姑太爷要是愿意，也是可以谈谈的。你们斟酌着办吧，对陆建华适当掌握分寸就行了。而且，他如果确是为了写文章，你们可以跟他打个招呼，说：“文章写出来最好让大哥过过目。”

海珊的对象怎么样了？来信没有提到，想来尚未定局。我还能给他出一点力么，比如再给什么人写信之类？

我去年一年旅行了很多地方。写了一篇新疆的游记，已经在《北京文学》发表，等我买到杂志，寄给你们看看。湖南的两篇游记过两个月也将发表，也会寄给你们，让你们了解了解我的情况，代替写信。今年我不想再到处跑了，但看来要去大连和庐山，因为他们已经约了我两三年。也许秋天还要到太湖去住十天。如到太湖，或许会到镇江和高邮看看。

我倒很想回高邮住一个较长时期。几个出版社都约我写长篇。我想写长篇，还只有写高邮。

今年出的年历不多，北京很少见到。我叫孩子上街看看，如有较好的，当买了给你们寄来。

刚才又来了几个约稿的客人，信被打断，不想再写，以后再写吧。

问娘好，问你们大家都好！

大哥　一月十八日

汪朗工作已分配，在财贸报，工作条件很好，请告诉娘放心。

致陆建华[1]　一九八三年九月八日

建华：

来信敬悉。所说的《小说选》我未收到，不知是怎样的小说选。

嘱请范曾画王氏父子像事恐不能如命。我和范素不相

1　陆建华，一九四〇年生，江苏高邮人，历任高邮县临泽中学教师、高邮县文教局创作组干部、高邮市委宣传部副部长、江苏省委宣传部文艺处处长。

识，连他在何处任职，住在哪里，也都不知道。他的画我是见过的，——在荣宝斋。就我见过的他的画，印象中他是画得比较狂放的，人物都有点醉态。此种画风，画王氏父子，似不相宜。王氏父子是做学问的，其著作简朴严密，其人想必也甚端谨。我想画他们的像宜用规规矩矩的线描。现在画这样的人物画的，国内不多。上海有一个刘旦宅，线描甚有功力。北京有一年纪念曹雪芹，曹的画像，有几位大画家都画了，最后选中的还是刘旦宅的。高邮离上海较近，你们似可派人到上海去找找他。高邮有一个叫陈绍周的人，曾搞雕塑，现在在上海戏剧学院教化装，已经是教授了，他与上海的美术界当有联系。或托陈绍周转问刘旦宅亦可。这是我的建议，供参考耳。

你曾让我找黄永玉画二王像。我与永玉曾极熟，近年不常见。他画汉学家恐怕更不对路，他只能画醉醺醺的陶潜和疯疯癫癫的屈原。

我有回乡住半年的想法，但一直踌躇未决。今年肯定是不行了。九月下旬我将应《钟山》太湖笔会之邀，到苏州无锡逛一逛。回来后，要应人民文学出版社之约，把一九八一年——九八三年的小说编为一集（篇目已凑齐，共十七篇，集子初步定名为《晚饭花集》）。以后还想把散文和评论集子编一编。八三年第四季度将于编书中度过也。明年，将试试写一历史题材的长篇《汉武帝》。这也是人民文学出版社约的。他们来要我写长篇，我因写戏故，曾翻阅过有关汉武帝的材料，觉得这是一个性格复杂而充满矛盾的人物，我对他很感兴趣，就随便说了一句："现实题材的长篇我没有，要写除非写汉武帝。"不想他们当了真，累来催促。这个所谓"长篇"的希望是很缥缈的。几位师友都劝我别写，说很难写。但我要姑且试之。不成，就算了。这样，明年我大概还不能走动，将钻进故纸堆里。

我想回高邮，是有一点奢望的，想写个长篇。题材连一点影子都没有。我想是想写写运河的变迁。半年了解材料，肯定是不够的。如果身体还好，将常常回乡，才能真正有深切感受。到我七十岁时，也许能写出一部反映高邮的"巨著"，上帝保佑！

朱唯宁的书，即当签名寄上。寄到哪里？他的名字是这样写么？

握手！

汪曾祺　九月八日

致汪丽纹、金家渝、汪海珊[1]
一九八三年九月十六日

丽纹、家渝、海珊：

我们搬家了，新址是：北京丰台区蒲黄榆路九号楼十二层一号。以后联系，请按新址。

我们都还好。我身体还是那样，心脏不太好，血压有时偏高。前几个月医生检查出我有慢性肝炎。别的没有什么，只是不能尽情喝酒为苦耳。——我还没有戒断，但是喝得很少了。

我一直想回高邮住住。想写一部反映高邮生活的长篇，也许以运河的变迁为主干。这得用几年工夫。原来想明年回来住几个月，看来不行了。明年我要写一部历史长篇小说《汉武帝》。我随便和人民文学出版社的编辑说了说，不想他们认了真，已列入一九八五年的发稿计划，那么，后年争取回来。

《汪曾祺短篇小说集》[2]以后，我又写了十八篇小说，够再编一个集子了。人民文学出版社订下了。今年十月下旬交稿，明年四月出书。书名《晚饭花集》。书出，当寄给你们。

1 汪海珊，一九三八年生，江苏高邮人，又名汪曾庆，作者异母弟。

2 此处当指《汪曾祺短篇小说选》。——编者注近接孙潜信，说起“三舅妈”曾请他吃了饭，语气中很带感情。他长期以来很不幸，受了很多折磨，现在也还不得意，很令人同情。

我这个月下旬应《钟山》太湖笔会之邀，将往苏州、无锡一带玩玩。名为“笔会”，实是江苏出版社花了钱请我们去吃吃螃蟹。别的地方请我，我都未应邀，因为怕吃了人家的，欠了一笔文债。《钟山》来请，我答应了，因为我已经为他们写了小说，他们总不好意思再要。最近一期《钟山》集中发表了我的小说和评论，你们可以找来看看。

汪朗、汪明都已结婚，顺告。

海珊的婚事如何了？

匆问安适！

问娘好！

曾祺　九月十六日

致金家渝　一九八四年三月四日

家渝：

久未通信，想来家里大小均安。

我收到曾荣一封信，回了他一信，因为他的信封上的地址写的只是“扬州高邮元件六厂”，我怕这样的地址不好寄，请你转给他。

陈仲如的这个剧本，你们不知道看过没有？我实在没有时间看。你们如见到此人，也请代致歉意。

我还好，只是精力较差，思睡，大概还是由于慢性肝炎所致。

我去年第四季度写了几篇小说，今年写得少了，只写了几篇“创作谈”。我的第二本小说集《晚饭花集》已交给人民文学出版社，大概要过了夏天才能出书。书出后，当寄给你们，到时候还请你开一个送书的单子。

我今年不准备外出。明年如果身体好，也许会回高邮住几个月，搜集一个长篇的材料。

海珊婚后生活想当幸福。他现在不住新风巷了吧？见面望为问候。问你们好！

给娘请安！

曾祺　三月四日

致金家渝　一九九二年三月十八日

家渝：

你的信收到。小敏给我写了一封信，也收到了。你们的信都很短，希望以后能写得长一些。

听说小敏有了男朋友，是泉州人，说要到高邮来到家里看看，——是让你们看看吧！这人怎么样？长相、气质如何？如果成了，小敏就将到泉州去，那很好，泉州是个好地方。但如嫁到泉州，回高邮的机会就不多了。你们舍得么？

小敏信上说丽纹要到深圳去开会，去了么？出去走走好，老在高邮巴掌大的城里转，眼界狭窄。你们都应该出去跑跑，包括捷子和红梅。

任海从汉中给我一信，附赠一张曹操写的字的拓片。我还没有回他信。我和他是什么辈分，应该怎样称呼他？别搞错了。你最好问一下娘。

我将陪北影摄制组到高邮，大概可以肯定。具体日期还没有和他们商量。系列片是要拍的，北影已把改编权的报酬给了我。我曾经给朱延庆写过信，他已回信，说已和戎市长谈过，市里表示愿意接待，解决食宿、交通、场地等问题。等行期确定，我会给戎市长直接写一封信。

浙江文艺出版社要我把写高邮的小说集中起来出一个集

子。我很愿意，这样好给高邮人一个礼物。我给他们回了一封信，要求他们明确回答一些具体问题（如印刷周期、计酬办法……），并要定一个合同，然后再将稿子给他们。这本书的书名初拟为《菰蒲深处》。此事暂勿与外人谈，因为还没有拍板成交。

人民文学出版社约我编的选集，估计今年可以出版。今年我将编一个小品文集、一本近作选和一个散文集。明年将编一本序跋集。

问一家好，给娘请安！

曾祺　三月十八日

致金家渝　一九九四年一月二十五日

家渝：

你找找王尔聪、陈其昌等人，让他们搜集一点王匋民的材料（家世、师承、为人、画风……），最好能拍一些王匋民字画的照片，我想写一篇《王匋民传》。王匋民的画是很有特点的。高邮人真正可以称为画家的实只王匋民一人。

捷子想写写邓胖子，恐怕很难。他切药刀功好，但性格上似没什么特点。我觉得他可以试写“鹿女丹泉”。不要只照传说那样写，要有想象，写得很美，有诗意。要写出鹿和人（和尚）的爱情。《法苑珠林》里有一篇写鹿与人的爱的，可找来看看。这套佛经我这里也没有，扬州师院图书馆不知能不能找到。

《文集》三千套已售完，江苏文艺出版社准备再版。高邮首发式举行了没有？市委宣传部副部长某曾打电话到台湾，让我在电话里讲几句话，他们录了音在首发式上放。我不知道这位副部长怎么能查到我在台北的电话！

我们都挺好。给娘请安，问你们大家好！

大哥　一月二十五日

故里杂记

李　三

李三是地保，又是更夫。他住在土地祠。土地祠每坊都有一个。“坊”后来改称为保了。只有死了人，和尚放焰口，写疏文，写明死者籍贯，还沿用旧称：“南赡部洲中华民国某省某县某坊信士某某……”云云。疏文是写给阴间的公事。大概阴间还没有改过来。土地是阴间的保长。其职权范围与阳间的保长相等，不能越界理事，故称“当坊土地”。李三所管的，也只是这一坊之事。出了本坊，哪怕只差一步，不论出了什么事，死人失火，他都不问。一个坊或一个保的疆界，保长清楚，李三也清楚。

---

* 初刊于《北京文学》一九八二年第二期，初收于《晚饭花集》。

土地祠是俗称，正名是“福德神祠”。这四个字刻在庙门的砖额上，蓝地金字。这是个很小的庙。外面原有两根旗杆。西边的一根有一年教雷劈了（这雷也真怪，把旗杆劈得粉碎，劈成了一片一片一尺来长的细木条，这还有个名目，叫做“雷楔”[1]），只剩东边的一根了。进门有一个门道，两边各有一间耳房。东边的，住着李三。西边的一间，租给了一个卖糜饭饼子的。——糜饭饼子是米粥捣成糜，发酵后在一个平锅上烙成的，一面焦黄，一面是白的，有一点酸酸的甜味。再往里，过一个两步就跨过的天井，便是神殿。迎面塑着土地老爷的神像。神像不大，比一个常人还小一些。这土地老爷是单身，——不像乡下的土地庙里给他配一个土地奶奶。是一个笑咪咪的老头，一嘴的白胡子。头戴员外巾，身穿蓝色道袍。神像前是一个很狭的神案。神案上有一具铁制蜡烛架，横列一排烛钎，能插二十来根蜡烛。一个瓦香炉。神案前是一个收香钱的木柜。木柜前留着几尺可供磕头的砖地。如此而已。

李三同时又是庙祝。庙祝也没有多少事。初一、十五，把土地祠里外打扫一下，准备有人来进香。过年的时候，把两个“灯对子”找出来，挂在庙门两边。灯对子是长方形的

1 “这还有个名目，叫做‘雷楔’”为初版本所加，初刊本无。——编者注

纸灯，里面是木条钉成的框子，外糊白纸，上书大字，一边是“风调雨顺”，一边是“国泰民安”。灯对子里有横隔，可以点蜡烛。从正月初一,一直点到灯节。这半个多月，土地祠门前明晃晃的，很有点节日气氛。这半个月，进香的也多。每逢香期，到了晚上，李三就把收香钱的柜子打开，把香钱倒出来，一五一十地数一数。

偶尔有人来赌咒。两家为一件事分辩不清，——常见的是东家丢了东西，怀疑是西家偷了，两家对骂了一阵，就各备一份香烛到土地祠来赌咒。两个人同时磕了头，一个说:“土地老爷在上，若是某某偷了我的东西，就叫他现世现报！”另一个说:“土地老爷在上，我若做了此事，就叫我家死人失天火！他诬赖我，也一样！”咒已赌完，各自回家。李三就把只点了小半截的蜡烛吹灭，拔下，收好，备用。

李三最高兴的事，是有人来还愿。坊里有人家出了事，例如老人病重，或是孩子出了天花，就到土地祠来许愿。老人病好了，孩子天花出过了，就来还愿。仪式很隆重:给菩萨“挂匾”——送一块横宽二三尺的红布匾，上写四字:“有求必应”。满炉的香，红蜡烛把铁架都插满了。(这种蜡烛很小，只二寸长，叫做“小牙”) 最重要的是:供一个猪头。因此，谁家许了愿，李三就很关心，随时打听。这是很容易打听到的。老人病好，会出来扶杖而行。孩子出了天花，在衣领的后面就会缝一条二指宽三寸长的红布，上写“天花已过”。于是李三就满怀希望地等着。这猪头到了晚上，就进了李三的砂罐了。一个七斤半重的猪头，够李三消受好几天。这几天，李三的脸上随时都是红喷喷的。

地保所管的事，主要的就是死人失火。一般人家死了人，他是不管的，他管的是无后的孤寡和“路倒”。一个孤寡老人死在床上，或是哪里发现一具无名男尸，在本坊地界，李三就有事了：拿了一个捐簿，到几家殷实店铺去化钱。然后买一口薄皮棺材装殓起来；省事一点，就用芦席一卷，草绳一捆（这有个名堂，叫做“万字纹的棺材，三道紫金箍”），用一把锄头背着，送到乱葬冈去埋掉。因此本地流传一句骂人的话：“叫李三把你背出去吧！”李三很愿意本坊常发生这样的事，因为募化得来的钱怎样花销，是谁也不来查账的。李三拿埋葬费用的余数来喝酒，实在也在情在理，没有什么说不过去。这种事，谁愿承揽，就请来试试！哼，你以为这几杯酒喝到肚里容易呀！不过，为了心安理得，无愧于神鬼，他在埋了死人后，照例还为他烧一陌纸钱，磕三个头。

李三瘦小干枯，精神不足，拖拖沓沓，迷迷瞪瞪，随时总像没有睡醒，——他夜晚打更，白天办事，睡觉也是断断续续的，看见他时他也真是刚从床上爬起来一会，想不到有时他竟能跑得那样快！那是本坊有了火警的时候。这地方把失火叫成“走水”，大概是讳言火字，所以反着说了。一有人家走水，李三就拿起他的更锣，用一个锣棒使劲地敲着，没命地飞跑，嘴里还大声地嚷叫：“××巷×家走水啦！××巷×家走水啦！”一坊失火，各坊的水龙都要来救，所以李三这回就跑出坊界，绕遍全城。

李三希望人家失火么？哎，话怎么能这样说呢！换一个说法：他希望火不成灾，及时救灭。火灭之后，如果这一家损失不大，他就跑去道喜：“恭喜恭喜，越烧越旺！”如果这家烧得片瓦无存，他就向幸免殃及的四邻去道喜：“恭喜恭喜，土地菩萨保佑！”他还会说：火势没有蔓延，也多亏水龙来得快。言下之意也很清楚：水龙来得快，是因为他没命的飞跑。听话的人并不是傻子。他飞跑着敲锣报警，不会白跑，总是能拿到相当可观的酒钱的。

地保的另一项职务是管叫花子。这里的花子有两种，一种是专赶各庙的香期的。初一、十五，各庙都有人进香。逢到菩萨生日（这些菩萨都有一个生日，不知是怎么查考出来的），香火尤盛。这些花子就从庙门、甬道，一直到大殿，密密地跪了两排。有的装做瞎子，有的用蜡烛油画成烂腿（画得很像），“老爷太太”不住地喊叫。进香的信女们就很自觉地把铜钱丢在他们面前破瓢里，她们认为把钱给花子，是进香仪式的一部分，不如此便显得不虔诚。因此，这些花子要到的钱是不少的。这些虔诚的香客大概不知道花子的黑话。花子彼此相遇，不是问要了多少钱，而说是“唤了多少狗”！这种花子是有帮的，他们都住在船上。每年还做花子会，很多花子船都集中在一起，也很热闹。这一种在帮的花子李三惹不起，他们也不碍李三的事，井水不犯河水。李三能管的是串街的花子。串街要钱的，他也只管那种只会伸着手赖着不走的软弱疲赖角色。李三提了一根竹棍，看见了，就举起竹棍大喝一声：“去去去！”有三等串街的他不管。一等是唱道情的。这是斯文一脉，穿着破旧长衫，念过两句书，又和吕洞宾、郑板桥有些瓜葛。店铺里等他唱了几句“老渔翁，一钓竿”，就会往柜台上丢一个铜板。他们是很清高的，取钱都不用手，只是用两片简板一夹，咚的一声丢在渔鼓筒里。另外两等，一是耍青龙（即耍蛇）的，一是吹筒子的。耍青龙的弄两条菜花蛇盘在脖子上，蛇信子簌簌地直探。吹筒子的吹一个外面包了火赤练蛇皮的竹筒，“布——呜！”声音很难听，样子也难看。他们之一要是往店堂一站，半天不走，这家店铺就甭打算做生意了：女人、孩子都吓得远远地绕开走了。照规矩（不知是谁定的规矩），这两等，李三是有权赶他们走的。然而他偏不赶，只是在一个背人处把他们拦住，向他们索要例规。讨价还价，照例要争执半天。双方会谈的地方，最多的是官茅房——公共厕所。

地保当然还要管缉盗。谁家失窃，首先得叫李三来。李三先看看小偷进出的路径。是撬门，是挖洞，还是爬墙。按律（哪朝的律呢）：如果案发，撬门罪最重，只下明火执仗一等。挖洞次之。爬墙又次之。然后，叫本家写一份失单。事情就完了。如果是爬墙进去偷的，他还不会忘了把小偷爬墙用的一根船篙带走。——小偷爬墙没有带梯子的，只是从河边船上抽一根竹篙，上面绑十来个稻草疙瘩，戗在墙边，踩着草疙瘩就进去了。偷完了，照例把这根竹篙靠在墙外。这根船篙不一会就会有失主到土地祠来赎。——“交二百钱，拿走！”

丢失衣物的人家，如果对李三说，有几件重要的东西，本家愿出钱赎回，过些日子，李三真能把这些赃物追回来。但是是怎样追回来的，是什么人偷的，这些事是不作兴问的。这也是规矩。

李三打更。左手拿着竹梆，吊着锣，右手拿锣槌。

笃，铛。定更。

笃，笃；铛——铛。二更。

笃，笃，笃；铛，铛——铛。三更。

三更以后，就不打了。

打更是为了防盗。但是人家失窃，多在四更左右，这时天最黑，人也睡得最死。李三打更，时常也装腔作势吓唬人："看见了，看见了！往哪里躲！树后头！墙旮旯！……"其实他什么也没看见。

一进腊月，李三在打更时添了一个新项目，喊"小心火烛"[1]：

"岁尾年关，——小心火烛！——

"火塘扑熄，——水缸上满！——

"老头子老太太，铜炉子撂远些——！[2]

"屋上瓦响，莫疑猫狗，起来望望——！

"岁尾年关，小心火烛……"

店铺上了板，人家关了门，外面很黑，西北风呜呜地叫着，李三一个人，腰里别着一个白纸灯笼，大街小巷，拉长了声音，有板有眼，有腔有调地喊着，听起来有点凄惨。人

---

1 清末邑人谈人格有《警火》诗即咏此事，诗有小序，并录如下：

警 火

送灶后里胥沿街鸣锣于黄昏时，呼"小心火烛"。岁除即叩户乞赏。

烛双辉，香一炷，敬惟司命朝天去。云车风马未归来，连宵灯火谁持护。铜钲入耳警黄昏，侧耳有语还重申："缸注水，灶徙薪"，沿街一一呼之频。唇干舌燥诚苦辛，不谋而告君何人？烹羊酌醴欢除夕，司命归来醉一得。今宵无用更鸣钲，一笑敲门索酒值。

从谈的诗中我们知道两件事。一是这种习俗原来由来已久，敲锣喊叫的正是李三这样的"里胥"。二是为什么在那样日子喊叫。原来是因为那时灶王爷上天去了，火烛没人管了。这实在是很有意思。不过，真实的原因还是岁暮风高，容易失火，与灶王的上天去汇报工作关系不大。

2 "撂远些"是说不要挨床太近，以免炉中残火烧着被褥。

们想到：一年又要过去了。又想：李三也不容易，怪难为他。

没有死人，没有失火，没人还愿，没人家挨偷，李三这几天的日子委实过得有些清淡。他拿着锣、梆，很无聊地敲着三更：

“笃，笃，笃；铛，铛——铛！”

一边敲，一边走，走到了河边。一只船上有一枝很结实的船篙在船帮外面别着，他一伸手，抽了出来，夹在胳肢窝里回身便走。他还不紧不慢地敲着：

“笃，笃，笃；铛，铛——铛！”

不想船篙带不动了，篙子的后梢被一只很有劲的大手攥住了。

李三原想把船篙带到土地祠，明天等这个弄船的拿钱来赎。能弄二百钱，也能喝四两。不想这船家刚刚起来撒过尿，躺下还没有睡着。他听到有人抽篙子，爬出舱口一看：是李三！

“好，李三！你偷篙子！”

“莫喊！莫喊！”

李三不是很要脸面的人，但是一个地保偷东西，而且叫人当场捉住，总不大好看。

“你认打认罚？”

“认罚！认罚！罚多少？”

“罚二百钱！”

李三老是罚乡下人的钱。谁在街上挑粪，溅出了一点，“罚！二百钱！”谁在不该撒尿的地方撒了尿，“罚！二百钱！”没有想到这回被别人罚了。李三挨罚，这是有史以来第一次。

榆　树

侉奶奶住到这里一定已经好多年了，她种的八棵榆树已经很大了。

这地方把徐州以北说话带山东口音的人都叫做侉子。这县里有不少侉子。他们大都住在运河堤下，拉纤，推独轮车运货（运得最多的是河工所用石头），碾石头粉（石头碾细，供修大船的和麻丝桐油和在一起填塞船缝），烙锅盔（这种干厚棒硬的面饼也主要是卖给侉子吃），卖牛杂碎汤（本地人也有专门跑到运河堤上去尝尝这种异味的）……

侉奶奶想必本是一个侉子的家属，她应当有过一个丈夫，一个侉老爹。她的丈夫哪里去了呢？死了，还是“贩了桃子”——扔下她跑了？不知道。她丈夫姓什么？她姓什么？很少人知道。大家都叫她侉奶奶。大人、小孩，穷苦人、有钱的，都这样叫。倒好像她就姓侉似的。

侉奶奶怎么会住到这样一个地方来呢？（这附近住的都是本地人，没有另外一家侉子）她是哪年搬来的呢？你问附近的住户，他们都回答不出，只是说：“啊，她一直就在这里住。”好像自从盘古开天地，这里就有一个侉奶奶。

侉奶奶住在一个巷子的外面。这巷口有一座门，大概就是所谓里门。出里门，有一条砖铺的街，伸向越塘，转过螺蛳坝，奔臭河边，是所谓后街。后街边有人家。侉奶奶却又住在后街以外。巷口外，后街边，有一条很宽的阴沟，正街的阴沟水都流到这里，水色深黑，发出各种气味，蓝靛的气味、豆腐水的气味、做草纸的纸浆气味。不知道为什么，闻到这些气味，叫人感到忧郁。经常有乡下人，用一个接了长柄的洋铁罐，把阴沟水一罐一罐刮起来，倒在木桶里（这是很好的肥料），刮得沟底嘎啦嘎啦地响。跳过这条大阴沟，有一片空地。侉奶奶就住在这片空地里。

侉奶奶的家是两间草房。独门独户，四边不靠人家，孤零零的。她家的后面，是一带围墙。围墙里面，是一家香店的作坊，香店老板姓杨。香是像压饸饹似的挤出来的。挤的时候还会发出“蓬——”的一声。侉奶奶没有去看过师傅做香，不明白这声音是怎样弄出来的。但是她从早到晚就一直听着这种很深沉的声音。隔几分钟一声，“蓬——蓬——

蓬——”。围墙有个门，从门口往里看，便可看到一扇一扇像铁纱窗似的晒香的棕绷子，上面整整齐齐平铺着两排黄色的线香。侉奶奶门前，一眼望去，有一个海潮庵。原来不知是住和尚还是住尼姑的，多年来没有人住，废了。再往前，便是从越塘流下来的一条河。河上有一座小桥。侉奶奶家的左右都是空地。左边长了很高的草。右边是侉奶奶种的八棵榆树。

侉奶奶靠给人家纳鞋底过日子。附近几条巷子的人家都来找她，拿了旧布（间或也有新布）、袼褙（本地叫做“骨子”）和一张纸剪的鞋底样。侉奶奶就按底样把旧布、袼褙剪好，“做”一“做”（粗缝几针），然后就坐在门口小板凳上纳。扎一锥子，纳一针，“哧啦——哧啦”。有时把锥子插在头发里“光”一“光”（读去声）。侉奶奶手劲很大，纳的针脚很紧，她纳的底子很结实，大家都愿找她纳。也不讲个价钱。给多，给少，她从不争。多少人穿过她纳的鞋底啊！

侉奶奶一清早就坐在门口纳鞋底。她不点灯。灯碗是有一个的，房顶上也挂着一束灯草。但是灯碗是干的，那束灯草都发黄了。她睡得早，天上一见星星，她就睡了。起得也早。别人家的烟筒才冒出烧早饭的炊烟，侉奶奶已经纳好半只鞋底。除了下雨下雪，她很少在屋里（她那屋里很黑），整天都坐在门外扎锥子，抽麻线。有时眼酸了，手困了，就停下来四面看看。

正街上有一家豆腐店，有一头牵磨的驴。每天上下午，豆腐店的一个孩子总牵驴到侉奶奶的榆树下打滚。驴乏了，一滚，再滚，总是翻不过去。滚了四五回，哎，翻过去了。驴打着响鼻，浑身都轻松了。侉奶奶原来直替这驴在心里攒劲；驴翻过了，侉奶奶也替它觉得轻松。

街上的，巷子里的孩子常上侉奶奶门前的空地上来玩。他们在草窝里捉蚂蚱，捉油葫芦。捉到了，就拿给侉奶奶看。“侉奶奶，你看！大不大？”侉奶奶必很认真地看一看，说：“大。真大！”孩子玩一回，又转到别处去玩了，或沿河走下去，或过桥到对岸远远的一个道士观去看放生的乌龟。孩子的妈妈有时来找孩子（或家里来了亲戚，或做得了一件新衣要他回家试试），就问侉奶奶：“看见我家毛毛了么？”侉奶奶就说：“看见咧，往东咧。”或“看见咧，过河咧”。……

侉奶奶吃得真是苦。她一年到头喝粥。三顿都是粥。平常是她到米店买了最糙最糙的米来煮。逢到粥厂放粥（这粥厂是官办的，门口还挂一块牌：× × 县粥厂），她就提了一个“檑子”（小水桶）去打粥。这一天，她就自己不开火仓了，喝这粥。粥厂里打来的粥比侉奶奶自己煮的要白得多。侉奶奶也吃菜。她的“菜”是她自己腌的红胡萝卜。啊呀，那叫咸，比盐还咸，咸得发苦！——不信你去尝一口看！

只有她的侄儿来的那一天，才变一变花样。

侉奶奶有一个亲人，是她的侄儿。过继给她了，也可说是她的儿子。名字只有一个字，叫个“牛”。牛在运河堤上卖力气，也拉纤，也推车，也碾石头。他隔个十天半月来看看他的过继的娘。他的家口多，不能给娘带什么，只带了三斤重的一块锅盔。娘看见牛来了，就上街，到卖熏烧的王二的摊子上切二百钱猪头肉，用半张荷叶托着。另外，还忘不了买几根大葱，半碗酱。娘俩就结结实实地吃了一顿山东饱饭。

侉奶奶的八棵榆树一年一年地长大了。香店的杨老板几次托甲长丁裁缝来探过侉奶奶的口风，问她卖不卖。榆皮，是做香的原料。——这种事由买主亲自出面，总不合适。老街旧邻的，总得有个居间的人出来说话。这样要价、还价，才有余地。丁裁缝来一趟，侉奶奶总是说：“树还小咧，叫它再长长。”

人们私下议论：侉奶奶不卖榆树，她是指着它当棺材本哪。

榆树一年一年地长。侉奶奶一年一年地活着，一年一年地纳鞋底。

侉奶奶的生活实在是平淡之至。除了看驴打滚，看孩子捉蚂蚱、捉油葫芦，还有些什么值得一提的事呢？——这些捉蚂蚱的孩子一年比一年大。侉奶奶纳他们穿的鞋底，尺码一年比一年放出来了。

值得一提的有：

有一年，杨家香店的作坊接连着了三次火，查不出起火原因。人说这是“狐火”，是狐狸用尾巴蹭出来的。于是在香店作坊的墙外盖了一个三尺高的“狐仙庙”[1]，常常有人来烧香。着火的时候，满天通红，乌鸦乱飞乱叫，火光照着侉奶奶的八棵榆树也是通红的，像是火树一样。

有一天，不知怎么发现了海潮庵里藏着一窝土匪。地方保安队来捉他们。里面往外打枪，外面往里打枪，乒乒乓乓。最后是有人献计用火攻，——在庵外墙根堆了稻草，放火烧！土匪吃不住劲，只好把枪丢出，举着手出来就擒了。海潮庵就在侉奶奶家前面不远，两边开仗的情形，她看得清清楚楚。她很奇怪，离得这么近，她怎么就不知道庵里藏着土匪呢？

这些，使侉奶奶留下深刻印象，然而与她的生活无关。

使她的生活发生一点变化的是——

有一个乡下人赶了一头水牛进城，牛老了，他要把它卖给屠宰场去。这牛走到越塘边，说什么也不肯走了，跪着，

1　初刊本为“胡仙庙”。从初版本。——编者注

眼睛里叭哒叭哒直往下掉泪。围了好些人看。有人报给甲长丁裁缝。这是发生在本甲之内的事，丁甲长要是不管，将为人神不喜。他出面求告了几家吃斋念佛的老太太，凑了牛价，把这头老牛买了下来，作为老太太们的放生牛。这牛谁来养呢？大家都觉得交侉奶奶养合适。丁甲长对侉奶奶说，这是一甲人信得过她，侉奶奶就答应下了。这养老牛还有一笔基金（牛总要吃点干草呀），就交给侉奶奶放印子。从此侉奶奶就多了几件事：早起把牛放出来，尽它到草地上去吃青草。青草没有了，就喂它吃干草。一早一晚，牵到河边去饮。傍晚拿了收印子钱的摺子，沿街串乡去收印子。晚上，牛就和她睡在一个屋里。牛卧着，安安静静地倒嚼，侉奶奶可觉得比往常累得多。她觉得骨头疼，半夜了，还没有睡着。

不到半年，这头牛老死了。侉奶奶把放印子的摺子交还丁甲长，还是整天坐在门外纳鞋底。

牛一死，侉奶奶也像老了好多。她时常病病歪歪的，连粥都不想吃，在她的黑洞洞的草屋里躺着。有时出来坐坐，扶着门框往外走。

一天夜里下大雨。瓢泼大雨不停地下了一夜。很多人家都进了水。丁裁缝怕侉奶奶家也进了水了，她屋外的榆树都浸在水里了。他赤着脚走过去，推开侉奶奶的门一看：侉奶奶死了。

丁裁缝派人把她的侄子牛叫了来。

得给侉奶奶办后事呀。侉奶奶没有留下什么钱，牛也拿不出钱，只有卖榆树。

丁甲长找到杨老板。杨老板倒很仁义，说是先不忙谈榆树的事，这都好说，由他先垫出一笔钱来，给侉奶奶买一身老衣，一副杉木棺材，把侉奶奶埋了。

侉奶奶安葬以后，榆树生意也就谈妥了。杨老板雇了人来，咯嗤咯嗤，把八棵榆树都放倒了。新锯倒的榆树，发出很浓的香味。

杨老板把八棵榆树的树皮剥了，把树干卖给了木器店。据人了解，他卖的八棵树干的钱就比他垫出和付给牛的钱还要多。他等于白得了八张榆树皮，又捞了一笔钱。

鱼

臭水河和越塘原是连着的。不知从哪年起，螺蛳坝以下淤塞了，就隔断了。风和人一年一年把干土烂草往河槽里填，河槽变成很浅了。不过旧日的河槽依然可以看得出来。两旁的柳树还能标出原来河的宽度。这还是一条河，一条没有水的干河。

干河的北岸种了菜。南岸有几户人家。这几家都是做嫁妆的，主要是做嫁妆之中的各种盆桶，脚盆、马桶、櫈子。这些盆桶是街上嫁妆店的订货，他们并不卖门市。这几家只是本钱不大，材料不多的作坊。这几家的大人、孩子，都是做盆桶的工人。他们整天在门外柳树下锯、刨。他们使用的刨子很特别。木匠使刨子是往前推，桶匠使刨子是往后拉。因为盆桶是圆的，这么使才方便。这种刨子叫做刮刨。盆桶成型后，要用砂纸打一遍，然后上漆。上漆之前，先要用猪血打一道底子。刷了猪血，得晾干。因此老远地就看见干河南岸，绿柳荫中排列着好些通红的盆盆桶桶，看起来很热闹，画出了这几家作坊的一种忙碌的兴旺气象。

桶匠有本钱，有手艺，在越塘一带，比起那些完全靠力气吃饭的挑夫、轿夫要富足一些。和杀猪的庞家就不能相比了。

从侉奶奶家旁边向南伸出的后街到往螺蛳坝方向，拐了一个直角。庞家就在这拐角处，门朝南，正对越塘。他家的地势很高，从街面到屋基，要上七八层台阶。房屋在这一片算是最高大的。房屋盖起的时间不久，砖瓦木料都还很新。檩粗板厚，瓦密砖齐。两边各有两间卧房，正中是一个很宽敞的穿堂。坐在穿堂里，可以清清楚楚看到越塘边和淤塞的旧河交接处的一条从南到北的土路，看到越塘的水，和越塘对岸的一切，眼界很开阔。这前面的新房子是住人的。养猪的猪圈，烧水、杀猪的场屋都在后面。

庞家兄弟三个，各有分工。老大经营擘划，总管一切。老二专管各处收买生猪。他们家不买现成的肥猪，都是买半大猪回来自养。老二带一个伙计，一趟能赶二三十头猪回来。因为杀的猪多，他经常要外出。杀猪是老三的事，——当然要有两个下手伙计。每天五更头，东方才现一点鱼肚白，这一带人家就听到猪尖声嚎叫，知道庞家杀猪了。猪杀得了，放了血，在杀猪盆里用开水烫透，吹气，刮毛。杀猪盆是一种特制的长圆形的木盆，盆帮很高。二百来斤的猪躺在里面，富富有余。杀几头猪，没有一定，按时令不同。少则两头，多则三头四头，到年下人家腌肉时就杀得更多了。因此庞家有四个极大的木盆，几个伙计同时动手洗刮。

这地方不兴叫屠户，也不叫杀猪的，大概嫌这种叫法不好听，大都叫“开肉案子的”。“开”肉案子，就是掌柜老板一流，显得身份高了。庞家肉案子生意很好，因为一条东大街上只有这一家肉案子。早起人进人出，剁刀响，铜钱响，票子响。不到晌午，几片猪就卖得差不多了。这里人一天吃的肉都是上午一次买齐，很少下午来割肉的。庞家肉案到午饭后，只留一两块后臀硬肋等待某些家临时来了客人的主顾，留一个人照顾着。一天的生意已经做完，店堂闲下来了。

店堂闲下来了。别的肉案子，闲着就闲着吧。庞家的人可真会想法子。他们在肉案子的对面，设了一道栏柜，卖茶叶。茶叶和猪肉是两码事，怎么能卖到一起去呢？——可是，又为什么一定不能卖到一起去呢？东大街没有一家茶叶店，要买茶叶就得走一趟北市口。有了这样一个卖茶叶的地方，省走好多路。卖茶叶，有一个人盯着就行了。有时叫一个小伙计来支应。有时老大或老三来看一会。有时，庞家的三妯娌之一，也来店堂里坐着，包包茶叶，收收钱。这半间店堂的茶叶店生意很好。

庞家三弟兄一个是一个。老大稳重，老二干练，老三是个文武全才。他们长得比别人高出一头。老三尤其肥白高大。他下午没事，常在越塘高空场上练石担子、石锁。他还会写字，写刘石庵体的行书。这里店铺都兴装着花槅子。槅子留出一方空白，叫做“槅子心”[1]，可以贴字画。别家都是请人写画的。庞家肉案子是庞老三自己写的字。他大概很崇拜赵子龙。别人家槅心里写的是“春眠不觉晓，处处闻啼鸟”，“夫天地者万物之逆旅，光阴者百代之过客”之类，他写的都是《三国演义》里赞赵子龙的诗。

1 “叫做‘槅子心’”为初版本所加。初刊本无。——编者注庞家这三个妯娌，一个赛似一个的漂亮，一个赛似一个的能干。她们都非常勤快。天不亮就起来，烧水，煮猪食，喂猪。白天就坐在穿堂里做针线。都是光梳头，净洗脸，穿得整整齐齐，头上戴着金簪子，手上戴着麻花银镯。人们走到庞家门前，就觉得眼前一亮。

到粥厂放粥，她们就一人拎一个橦子去打粥。

这不免会引起人们议论："戴着金簪子去打粥！——侉奶奶打粥，你庞家也打粥？！"大家都知道，她们打了粥来是不吃的，——喂猪！因此，越塘、螺蛳坝一带人对庞家虽很羡慕并不亲近。都觉得庞家的人太精了。庞家的人缘不算好。别人也知道，庞家人从心里看不起别人，尤其是这三个女的。

越塘边发生了从未见过的奇事。

这一年雨水特别大，臭水河的水平了岸，水都漫到后街街面上来了。地方上的居民铺户共同商议，决定挖开螺蛳坝，在淤塞的旧河槽挖一道沟，把臭水河的水引到越塘河里去。这道沟只两尺宽。臭水河的水位比越塘高得多。水在沟里流得像一枝箭。

流着，流着，一个在岸边做桶的孩子忽然惊叫起来：

"鱼！"

一条长有尺半的大鲤鱼叭的一声蹦到岸上来了。接着，一条，一条，又一条，鲤鱼！鲤鱼！鲤鱼！

不知从哪里来的那么多的鲤鱼。它们戗着急水往上窜，不断地蹦到岸上。桶店家的男人、女人、大人、小孩，都奔到沟边来捉鱼。有人搬了脚盆放在沟边，等鲤鱼往里跳。大家约定，每家的盆，放在自己家门口，鱼跳进谁家的盆算谁的。

他们正在商议，庞家的几个人搬了四个大杀猪盆，在水沟流入越塘入口处挨排放好了。人们小声嘟囔："真是手尖眼快[1]啊！"但也没有办法。不是说谁家的盆放在谁家门口么？庞家的盆是放在庞家的门口（当然他家门口到河槽还有一个距离），庞家杀猪盆又大，放的地方又好，鱼直往里跳。人们不满意，但是好在家家的盆里都不断跳进鱼来，人们不断地欢呼，狂叫，简直好像做着一个欢喜而又荒唐的梦，高兴压过了不平。

这两天，桶匠家家家吃鱼，喝酒。这一辈子没有这样痛快地吃过鱼。一面开怀地嚼着鱼肉，一面还觉得天地间竟有这等怪事：鱼往盆里跳，实在不可思议。

两天后，臭水河的积水流泄得差不多了，螺蛳坝重新堵上，沟里没有水了，也没有鱼了，岸上到处是鱼鳞。

庞家桶里的鱼最多。但是庞家这两天没有吃鱼。他家吃

1 "手尖眼快"疑为"眼尖手快"。——编者注

的是鱼籽、鱼脏。鱼呢？这妯娌三个都把来用盐揉了，肚皮里撑一根芦柴棍，一条一条挂在门口的檐下晾着，挂了一溜。

把鱼已经通通吃光了的桶匠走到庞家门前，一个对一个说：“真是鱼也有眼睛，谁家兴旺，它就往谁家盆里跳啊！”

正在穿堂里做针线的妯娌三个都听见了。三嫂子抬头看了二嫂子一眼，二嫂子看了大嫂子一眼，大嫂子又向两个弟媳妇都看了一眼。她们低下头来继续做针线。她们的嘴角都挂着一种说不清的表情。是对自己的得意？是对别人的鄙夷？

一九八一年六月十八日承德避暑山庄

故 乡 人

打 鱼 的

女人很少打鱼。

打鱼的有几种。

一种用两只三桅大船，乘着大西北风，张了满帆，在大湖的激浪中并排前进，船行如飞，两船之间挂了极大的拖网，一网上来，能打上千斤鱼。而且都是大鱼。一条大铜头鱼（这种鱼头部尖锐，颜色如新擦的黄铜，肉细味美，有的地方叫做黄段），一条大青鱼，往往长达七八尺。较小的，也都在五斤以上。起网的时候，如果觉得分量太沉，会把鱼放掉一些，否则有把船拽翻了的危险。这种豪迈壮观的打

* 初刊于《雨花》一九八一年第十期，初收于《晚饭花集》。

鱼，只能在严寒的冬天进行，一年只能打几次。鱼船的船主都是个小财主，虽然他们也随船下湖，驾船拉网，勇敢麻利处不比雇来的水性极好的伙计差到哪里去。

一种是放鱼鹰的。鱼鹰分清水、浑水两种。浑水鹰比清水鹰值钱得多。浑水鹰能在浑水里睁眼，清水鹰不能。湍急的浑水里才有大鱼，名贵的鱼。清水里只有普通的鱼，不肥大，味道也差。站在高高的运河堤上，看人放鹰捉鱼，真是一件快事。一般是两个人，一个撑船，一个管鹰。一船鱼鹰，多的可到二十只。这些鱼鹰歇在木架上，一个一个都好像很兴奋，不停地鼓膝子，扇翅膀，有点迫不及待的样子。管鹰的把篙子一摆，二十只鱼鹰扑通扑通一齐钻进水里，不大一会，接二连三地上来了。嘴里都叼着一条一尺多长的鳜鱼，鱼尾不停地搏动。没有一只落空。有时两只鱼鹰合抬着一条大鱼。喝！这条大鳜鱼！烧出来以后，哪里去找这样大的鱼盘来盛它呢?

一种是扳罾的。

一种是撒网的。……

还有一种打鱼的：两个人，都穿了牛皮缝制的连鞋子、裤子带上衣的罩衣，颜色白黄白黄的，站在齐腰的水里。一个张着一面八尺来宽的兜网；另一个按着一个下宽上窄的梯形的竹架，从一个距离之外，对面走来，一边一步一步地走，一边把竹架在水底一戳一戳地戳着，把鱼赶进网里。这样的打鱼的，只有在静止的浅水里，或者在虽然流动但水不深，流不急的河里，如护城河这样的地方，才能见到。这种打鱼的，每天打不了多少，而且没有很大的，很好的鱼。大都是不到半斤的鲤鱼拐子、鲫瓜子、鲶鱼。连不到二寸的"罗汉狗子"，薄得无肉的"猫杀子"，他们也都要。他们时常会打到乌龟。

在小学校后面的苇塘里，臭水河，常常可以看到两个这样的打鱼的。一男一女。他们是两口子。男的张网，女的赶鱼。奇怪的是，他们打了一天的鱼，却听不到他们说一句话。他们的脸上既看不出高兴，也看不出失望、忧愁，总是那样平平淡淡的，平淡得近于木然。除了举网时听到欻的一声，和梯形的竹架间或搅动出一点水声，听不到一点声音。就是举网和搅水的声音，也很轻。

有几天不看见这两个穿着黄白黄白的牛皮罩衣的打鱼的了。又过了几天，他们又来了。按着梯形竹架赶鱼的换了一个人，一个十五六岁的小姑娘。辫根缠了白头绳。一看就知道，是打鱼人的女儿。她妈死了，得的是伤寒。她来顶替妈的职务了。她穿着妈穿过的皮罩衣，太大了，腰里窝着一块，更加显得臃肿。她也像妈一样，按着梯形竹架，一戳一戳地戳着，一步一步地往前走。

她一定觉得：这身湿了水的牛皮罩衣很重，秋天的水已经很凉，父亲的话越来越少了。

金 大 力

金大力想必是有个大名的，但大家都叫他金大力，当面也这样叫。为什么叫他金大力，已经无从查考。他姓金，块头倒是很大。他家放剩饭的淘箩，年下腌制的风鱼咸肉，都挂得很高，别人够不着，他一伸手就能取下来，不用使竹竿叉棍去挑，也不用垫一张凳子。身大力不亏。但是他是不是有很大的力气，没法证明。关于他的大力，没有什么传说的故事，他没有表演过一次，也没有人和他较量过。他这人是不会当众表演，更不会和任何人较量的。因此，大力只是想当然耳。是不是和戏里的金大力有什么关系呢？也说不定。也许有。他很老实，也没有什么本事，这一点倒和戏里的金大力有点像。戏里的金大力只是个傻大个儿，哪次打架都有他，有黄天霸就有他，但哪回他也没有打得很出色。人们在提起金大力时，并不和戏台上那个戴着红缨帽或盘着一条大辫子，拿着一根可笑的武器，——一根红漆的木棍的那个金大力的形象联系起来。这个金大力和那个金大力不大相干。

这个金大力只是一个块头很大的，家里开着一爿茶水炉子，本人是个瓦匠头儿的老实人。

他怎么会当了瓦匠头儿呢？

按说，瓦匠里当头儿的，得要年高望重，手艺好，有两手绝活，能压众，有口才，会讲话，能应付场面，还得有个好人缘儿。前面几条，金大力都不沾。金大力是个很不够格的瓦匠，他的手艺比一个刚刚学徒的小工强不了多少，什么活也拿不起来。一般老师傅会做的活，不用说相地定基，估工算料，砌墙时挂线，布瓦时堆瓦脊两边翘起的山尖，用一把瓦刀舀起半桶青灰在瓦脊正中塑出花开四面的浮雕……这些他统统不会，他连砌墙都砌不直！当了一辈子瓦匠，砌墙会砌出一个鼓肚子，真也是少有。他是一个瓦匠头，只能干一些小工活，和灰送料，传砖递瓦。这人很拙于言词，一天说不了几句话，老是闷声不响，他不会说几句恭喜发财，大吉大利的应酬门面话讨主人家喜欢；也不会说几句夸赞奉承，道劳致谢的漂亮话叫同行高兴；更不会长篇大套地训教小工以显示一个头儿的身份。他说的只是几句实实在在的大实话。说话很慢，声音很低，跟他那副大骨架很不相符。只有一条，他倒是具备的：他有一个好人缘儿。不知道为什么，他的人缘儿会那么好。

这一带人家，凡有较大的泥工瓦活，都愿意找他。一般的零活，比如检个漏，修补一下被雨水冲坍的山墙，这些，直接雇两个瓦匠来就行了，不必通过金大力。若是新建房屋，或翻盖旧房，就会把金大力叫来。金大力听明白了是一个多大的工程，就告辞出来。他算不来所需工料、完工日期，就去找有经验的同行商议。第二天，带了一个木匠头儿，一个瓦匠老师傅，拿着工料单子，向主人家据实复告。主人家点了头，他就去约人、备料。到窑上订砖、订瓦，到石灰行去订石灰、麻刀、纸脚。他一辈子经手了数不清的砖瓦石灰，可是没有得过一手钱的好处。

这里兴建动工有许多风俗。先得“破土”。由金大力用铁锹挖起一小块土，铲得四方四正，用红纸包好，供在神像前面。——这一方土要到完工时才撤去。然后，主人家要请一桌酒。这桌酒有两点特别处，一是席面所用器皿都十分粗糙，红漆筷子，蓝花粗瓷大碗；二是，菜除了猪肉、豆腐外，必有一道泥鳅。这好像有一点是和泥瓦匠开玩笑，但瓦匠都不见怪，因为这是规矩。这桌酒，主人是不陪的，只是出来道一声“诸位多辛苦”，然后就委托金大力：“金师傅，你陪陪吧！”金大力就代替了主人，举起酒杯，喝下一口淡酒。这时木匠已经把房架立好，到了择定吉日的五更头，上了梁，——梁柱上贴了一副大红对子：“登柱喜逢黄道日，上梁正遇紫微星”，两边各立了一面筛子，筛子里斜贴了大红斗方，斗方的四角写着“吉星高照”，金大力点起一挂鞭，泥瓦工程就开始了。

每天，金大力都是头一个来，比别人要早半小时。来了，把孩子们搬下来搭桥、搭鸡窝玩的砖头捡回砖堆上去，把碍手碍脚的棍棍棒棒归置归置，清除“脚手”板子上昨天滴下的灰泥，把“脚手”往上提一提，捆“脚手”的麻绳紧一紧，扫扫地，然后，挑了两担水来，用铁锹抓钩和青灰，——石灰里兑了锅烟；和黄泥。灰泥和好，伙计们也就来上工了。他是个瓦匠，上工时照例也在腰带里掖一把瓦刀，手里提着一个抿子。可是他的瓦刀抿子几乎随时都是干的。他一天使的家伙就是铁锹抓钩，他老是在和灰、和泥。他只能干这种小工活，也就甘心干小工活。他从来不想去露一手，去逞能卖嘴，指手划脚，到了半前晌和半后晌，伙计们照例要下来歇一会，金大力看看太阳，提起两把极大的紫砂壶就走。在壶里撮了两大把茶叶梗子，到他自己家的茶水炉上，灌了两壶水，把茶水筛在大碗里，就抬头叫嚷：“哎，下来喝茶来！”傍晚收工时，他总是最后一个走。他要各处看看，看看今天的进度、质量（他的手艺不高，这些都还是会看的），也看看有没有留下火星（木匠熬胶要点火，瓦匠里有抽烟的）。然后，解下腰带，从头到脚，抽打一遍。走到主人家窗下，扬声告别：“明儿见啦！晚上你们照看着点！”——“好来，我们会照看。明儿见，金师傅！”

金大力是个瓦匠头儿，可是拿的工钱很低，比一个小工多不多少。同行师傅们过意不去，几次提出要给金头儿涨涨工钱。金大力说：“不。干什么活，拿什么钱。再说，我家里还开着一爿茶水炉子，我不比你们指身为业。这我就知足。”

金家茶炉子生意很好。一早、晌午、傍黑，来打开水的人很多，提着木榿子的，提着洋铁壶、暖壶、茶壶的，川流不息。这一带店铺人家一般不烧开水，要用开水，多到茶炉子上去买，这比自己家烧方便。茶水炉子，是一个砖砌的长方形的台子，四角安四个很深很大的铁罐，当中有一个火口。这玩意，有的地方叫做“老虎灶”。烧的是稻糠。稻糠着得快，火力也猛。但这东西不经烧，要不断地往里续。烧火的是金大力的老婆。这是个很结实也很利索的女人。只见她用一个小铁簸箕，一簸箕一簸箕地往火口里倒糠。火光轰轰地一阵一阵往上冒，照得她满脸通红。半箩稻糠烧完，四个铁罐里的水就哗哗地开了，她就等着人来买水，一舀子一舀子往各种容器里倒。到罐里水快见底时，再烧。一天也不见她闲着。（稻糠的灰堆在墙角，是很好的肥料，卖给乡下人垩田，一个月能卖不少钱。）

茶炉子用水很多。金家茶炉的一半地方是三口大水缸。

因为缸很深，一半埋在地里。一口缸容水八担，金家一天至少要用二十四担水。这二十四担水都是金大力挑的。有活时，他早晚挑；没活时（瓦匠不能每天有活）白天挑。因为经常挑水，总要撒泼出一些，金家茶炉一边的地总是湿漉漉的，铺地的砖发深黑色（另一边的砖地是浅黑色）。你要是路过金家茶炉子，常常可以看见金大力坐在一根搭在两只水桶的扁担上休息，好像随时就会站起身来去挑一担水。

金大力不变样，多少年都是那个样子。高大结实，沉默寡言。

不，他也老了。他的头发已经有了几根白的了，虽然还不大显，墨里藏针。

钓鱼的医生

这个医生几乎每天钓鱼。

他家挨着一条河。出门走几步，就到了河边。这条河不宽。会打水撇子（有的地方叫打水飘，有的地方叫打水片）的孩子，检一片薄薄的破瓦，一扬手忒忒忒忒，打出二十多个，瓦片贴水飘过河面，还能蹦到对面的岸上。这条河下游淤塞了，水几乎是不流动的。河里没有船。也很少有孩子到这里来游水，因为河里淹死过人，都说有水鬼。这条河没有什么用处。因为水不流，也没有人挑来吃。只有南岸的种菜园的每天挑了浇菜。再就是有人家把鸭子赶到河里来放。河南岸都是大柳树。有的欹侧着，柳叶都拖到了水里。河里鱼不少，是个钓鱼的好地方。

你大概没有见过这样的钓鱼的。

他搬了一把小竹椅，坐着。随身带着一个白泥小炭炉子，一口小锅，提盒里葱姜作料俱全，还有一瓶酒。他钓鱼很有经验。钓竿很短，鱼线也不长，而且不用漂子，就这样把钓线甩在水里，看到线头动了，提起来就是一条。都是三四寸长的鲫鱼。——这条河里的鱼以白条子和鲫鱼为多。白条子他是不钓的，他这种钓法，是钓鲫鱼的。钓上来一条，刮刮鳞洗净了，就手就放到锅里。不大一会，鱼就熟了。他就一边吃鱼，一边喝酒，一边甩钩再钓。这种出水就烹制的鱼味美无比，叫做“起水鲜”。到听见女儿在门口喊：“爸——！”知道是有人来看病了，就把火盖上，把鱼竿插在岸边湿泥里，起身往家里走。不一会，就有一只钢蓝色的蜻蜓落在他的鱼竿上了。

这位老兄姓王，字淡人。中国以淡人为字的好像特别多，而且多半姓王。他们大都是阴历九月生的，大名里一定还带一个菊字。古人的一句“人淡如菊”的诗，造就了多少人的名字。

王淡人的家很好认。门口倒没有特别的标志。大门总是开着的，望里一看，就看到通道里挂了好几块大匾。匾上写的是“功同良相”、“济世救人”、“仁心仁术”、“术绍岐黄”、“杏林春暖”、“橘井流芳”、“妙手回春”、“起我沉疴”……医生家的匾都是这一套。这是亲友或病家送给王淡人的祖父和父亲的。匾都有年头了，匾上的金字都已经发暗。到王淡人的时候，就不大兴送匾了。送给王淡人的只有一块，匾很新，漆地乌亮，匾字发光，是去年才送的。这块匾与医术无关，或关系不大，匾上写的是“急公好义”，字是颜体。

进了过道，是一个小院子。院里种着鸡冠、秋葵、凤仙一类既不花钱，又不费事的草花。有一架扁豆。还有一畦瓢菜。这地方不吃瓢菜，也没有人种。这一畦瓢菜是王淡人从外地找了种子，特为种来和扁豆配对的。王淡人的医室里挂着一副郑板桥写的（木板刻印的）对子：“一庭春雨瓢儿菜，满架秋风扁豆花。”他很喜欢这副对子。这点淡泊的风雅，和一个不求闻达的寒士是非常配称的。其实呢？何必一定是瓢儿菜，种什么别的菜也不是一样吗？王淡人花费心思去找了瓢菜的菜种来种，也可看出其天真处。自从他种了瓢菜，他的一些穷朋友在来喝酒的时候，除了吃王淡人自己钓的鱼，就还能尝到这种清苦清苦的菜蔬了。

过了小院，是三间正房，当中是堂屋，一边是卧房，一边是他的医室。

他的医室和别的医生的不一样，像一个小药铺。架子上摆着许多青花小磁坛，坛口塞了棉纸卷紧的塞子，坛肚子上贴着浅黄蜡笺的签子，写着“九一丹”、“珍珠散”、“冰片散”……到处还有一些大大小小的乳钵，药碾子、药臼、嘴刀、剪子、镊子、钳子、钎子、往耳朵和喉咙里吹药用的铜鼓……他这个医生是“男妇内外大小方脉”，就是说内科、外科、妇科、儿科，什么病都看。王家三代都是如此。外科用的药，大都是“散”——药面子。“神仙难识丸散”，多有经验的医生和药铺的店伙也鉴定不出散的真假成色，都是一些粉红的或雪白的粉末。虽然每一家药铺都挂着一块小匾“修合存心”，但是王淡人还是不相信。外科散药里有许多贵重药：麝香、珍珠、冰片……哪家的药铺能用足？因此，他自己炮制。他的老婆、儿女，都是他的助手，经常看到他们抱着一个乳钵，握着乳锤，一圈一圈慢慢地磨研。（散要研得极细，都是加了水“乳”的）另外，找他看病的多一半是乡下来的，即使是看内科，他们也不愿上药铺去抓药，希望先生开了方子就给配一付，因此，他还得预备一些常用的内科药。

城里外科医生不多，——不知道为什么，大家对外科医生都不大看得起，觉得都有点“江湖”，不如内科清高，因此，王淡人看外科的时间比较多。一年也看不了几起痈疽重症，多半是生疮长疖子，而且大都是七八岁狗都嫌的半大小子。常常看见一个大人带着生瘌痢头的瘦小子，或一个长痄腮的胖小子走进王淡人家的大门；不多一会，就又看见领着出来了。生瘌痢的涂了一头青黛，把一个秃光光的脑袋涂成了蓝的；生痄腮的腮帮上画着一个乌黑的大圆饼子，——是用掺了冰片研出的陈墨画的。

这些生疮长疖子的小病症，是不好意思多收钱的，——那时还没有挂号收费这一说。而且本地规矩，熟人看病，很少当下交款，都得要等“三节算账”，——端午、中秋、过年。忘倒不会忘的，多少可就“各凭良心”了。有的也许为了高雅，其实为了省钱，不送现钱，却送来一些华而不实的礼物：枇杷、扇子、月饼、莲蓬、天竺果子、腊梅花。乡下来人看病，一般倒是当时付酬，但常常不是现钞，或是二十个鸡蛋，或一升芝麻，或一只鸡，或半布袋鹌鹑！遇有实在困难，什么也拿不出来的，就由病人的儿女趴下来磕一个头。王淡人看看病人身上盖着的破被，鼻子一酸，就不但诊费免收，连药钱也白送了。王淡人家吃饭不致断顿，——吃扁豆、瓢菜、小鱼、糙米——和炸鹌鹑！穿衣可就很紧了。淡人夫妇，十多年没添置过衣裳。只有儿子女儿一年一年长高，不得不给他们换换季。有人说：王淡人很傻。

王淡人是有点傻。去年、今年，就办了两件傻事。

去年闹大水。这个县的地势，四边高，当中低，像一个水盂，别名就叫做盂城。城西的运河河底，比城里的南北大街的街面还要高。站在运河堤上，可以俯瞰城中鳞次栉比的瓦屋的屋顶；城里小孩放的风筝，在河堤游人的脚底下飘着。因此，这地方常闹水灾。水灾好像有周期，十年大闹一次。去年闹了一次大水。王淡人在河边钓鱼，傍晚听见蛤蟆爬在柳树顶上叫，叫得他心惊肉跳，他知道这是不祥之兆。蛤蟆有一种特殊的灵感，水涨多高，它就在多高处叫。十年前大水灾就是这样。果然，连天暴雨，一夜西风，运河决了口，浊黄色的洪水倒灌下来，平地水深丈二，大街上成了大河。大河里流着箱子、柜子、死牛、死人。这一年死于大水的，有上万人。大水十多天未退，有很多人困在房顶、树顶和孤岛一样的高岗子上挨饿；还有许多人生病：上吐下泻，痢疾伤寒。王淡人就用了一根结结实实的撑船用的长竹篙拄着，在齐胸的大水里来往奔波，为人治病。他会水，在水特深的地方，就横执着这根竹篙，泅水过去。他听说泰山庙北边有一个被大水围着的孤村子，一村子人都病倒了。但是泰山庙那里正是洪水的出口，水流很急，不能容舟，过不去！他和四个水性极好的专在救生船上救人的水手商量，弄了一只船，在他的腰上系了四根铁链，每一根又分在一个水手的腰里，这样，即使是船翻了，他们之中也可能有一个人把他救起来。船开了，看着的人的眼睛里都蒙了一层眼泪。眼看这只船在惊涛骇浪里颠簸出没，终于靠到了那个孤村，大家发出了雷鸣一样的欢呼。这真是玩儿命的事！

水退之后，那个村里的人合送了他一块匾，就是那块“急公好义”。

拿一条命换一块匾，这是一件傻事。

另一件傻事是给汪炳治搭背，今年。

汪炳是和他小时候一块掏蛐蛐，放风筝的朋友。这人原先很阔。这一街的老人到现在还常常谈起他娶亲的时候，新娘子花鞋上缀的八颗珍珠，每一颗都有指头顶子那样大！这家伙，吃喝嫖赌抽大烟，把家业败得精光，连一片瓦都没有，最后只好在几家亲戚家寄食。这一家住三个月，那一家住两个月。就这样，他还抽鸦片！他给人家熬大烟，报酬是烟灰和一点膏子。他一天夜里觉得背上疼痛，浑身发烧，早上歪歪倒倒地来找王淡人。

王淡人一看，这是个有名有姓的外症：搭背。说：“你不用走了！”

王淡人把汪炳留在家里住，管吃、管喝，还管他抽鸦片，——他把王淡人留着配药的一块云土抽去了一半。王淡人祖上传下来的麝香、冰片也为他用去了三分之一。一个多月以后，汪炳的搭背收口生肌，好了。

有人问王淡人："你干吗为他治病？"王淡人倒对这话有点不解，说："我不给他治，他会死的呀。"

汪炳没有一个钱。白吃，白喝，白治病。病好后，他只能写了很多鸣谢的帖子，贴在满城的街上，为王淡人传名。帖子上的言词倒真是淋漓尽致，充满感情。

王淡人的老婆是很贤惠的，对王淡人所做的事没有说过一个不字。但是她忍不住要问问淡人："你给汪炳用掉的麝香、冰片，值多少钱？"王淡人笑一笑，说："没有多少钱。——我还有。"他老婆也只好笑一笑，摇摇头。

王淡人就是这样，给人看病，看"男女内外大小方脉"，做傻事，每天钓鱼。一庭春雨，满架秋风。

你好，王淡人先生！

一九八一年八月十九日

晚饭花

晚饭花就是野茉莉。因为是在黄昏时开花，晚饭前后开得最为热闹，故又名晚饭花。

野茉莉，处处有之，极易繁衍。高二三尺，枝叶纷披，肥者可荫五六尺。花如茉莉而长大，其色多种易变。子如豆，深黑有细纹。中有瓤，白色，可作粉，故又名粉豆花。曝干作蔬，与马兰头相类。根大者如拳、黑硬，俚医以治吐血。

——吴其濬：《植物名实图考》

---

* 初刊于《十月》一九八二年第一期，初收于《晚饭花集》。

珠 子 灯

这里的风俗，有钱人家的小姐出嫁的第二年，娘家要送灯。送灯的用意是祈求多子。元宵节前几天，街上常常可以看到送灯的队伍。几个女佣人，穿了干净的衣服，头梳得光光的，戴着双喜字大红绒花，一人手里提着一盏灯；前面有几个吹鼓手吹着细乐。远远听到送灯的箫笛，很多人家的门就开了。姑娘、媳妇走出来，倚门而看，且指指点点，悄悄评论。这也是一年的元宵节景。

一堂灯一般是六盏。四盏较小，大都是染成红色或白色而画了红花的羊角琉璃泡子。一盏是麒麟送子：一个染色的琉璃角片扎成的娃娃骑在一匹麒麟上。还有一盏是珠子灯：绿色的玻璃珠子穿扎成的很大的宫灯。灯体是八扇玻璃，漆着红色的各体寿字，其余部分都是珠子，顶盖上伸出八个珠子的凤头，凤嘴里衔着珠子的小幡，下缀珠子的流苏。这盏灯分量相当的重，送来的时候，得两个人用一根扁担抬着。这是一盏主灯，挂在房间的正中。旁边是麒麟送子，琉璃泡子挂在四角。

到了“灯节”的晚上，这些灯里就插了红蜡烛，点亮了。从十三“上灯”到十八“落灯”，接连点几个晚上。平常这些灯是不点的。

屋里点了灯，气氛就很不一样了。这些灯都不怎么亮(点灯的目的原不是为了照明)，但很柔和。尤其是那盏珠子灯，洒下一片淡绿的光。绿光中珠幡的影子轻轻地摇曳，如梦如水，显得异常安静。元宵的灯光扩散着吉祥、幸福和朦胧暧昧的希望。

孙家的大小姐孙淑芸嫁给了王家的二少爷王常生。她屋里就挂了这样六盏灯。不过这六盏灯只点过一次。

王常生在南京读书，秘密地加入了革命党，思想很新。订婚以后，他请媒人捎话过去：请孙小姐把脚放了。孙小姐的脚当真放了，放得很好，看起来就不像裹过的。

孙小姐是个才女。孙家对女儿的教育很特别，教女儿读诗词。除了《长恨歌》、《琵琶行》，孙小姐能背全本《西厢记》。嫁过来以后，她也看王常生带回来的黄遵宪的《日本国志》和林译小说《迦茵小传》、《茶花女遗事》……

两口子琴瑟和谐，感情很好。

不料王常生在南京得了重病，抬回来不到半个月，就死了。

王常生临死对夫人留下遗言："不要守节。"

但是说了也无用。孙王二家都是书香门第，从无再婚之女。改嫁，这种念头就不曾在孙小姐的思想里出现过。这是绝不可能的事。

从此，孙小姐就一个人过日子。这六盏灯也再没有点过了。

她变得有点古怪了，她屋里的东西都不许人动。王常生活着的时候是什么样子，永远是什么样子，不许挪动一点。王常生用过的手表、座钟、文具，还有他养的一盆雨花石，都放在原来的位置。孙小姐原是个爱洁成癖的人，屋里的桌子椅子、茶壶茶杯，每天都要用清水洗三遍。自从王常生死后，除了过年之前，她亲自监督着一个从娘家陪嫁过来的女佣人大洗一天之外，平常不许擦拭。里屋炕几上有一套茶具：一个白瓷的茶盘，一把茶壶，四个茶杯。茶杯倒扣着，上面落了细细的尘土。茶壶是荸荠形的扁圆的，茶壶的鼓肚子下面落不着尘土，茶盘里就清清楚楚留下一个干净的圆印子。

她病了，说不清是什么病。除了逢年过节起来几天，其余的时间都在床上躺着，整天地躺着。除了那个女佣人，没有人上她屋里去。

她就这么躺着，也不看书，也很少说话，屋里一点声音没有。她躺着，听着天上的风筝响，斑鸠在远远的树上叫着双声，“鹁鸪鸪——咕，鹁鸪鸪——咕”，听着麻雀在檐前打闹，听着一个大蜻蜓振动着透明的翅膀，听着老鼠咬啮着木器，还不时听到一串滴滴答答的声音，那是珠子灯的某一处流苏散了线，珠子落在地上了。

女佣人在扫地时，常常扫到一二十颗散碎的珠子。

她这样躺了十年。

她死了。

她的房门锁了起来。

从锁着的房间里，时常还听见散线的玻璃珠子滴滴答答落在地板上的声音。

晚 饭 花

李小龙的家在李家巷。

这是一条南北向的巷子，相当宽，可以并排走两辆黄包车。但是不长，巷子里只有几户人家。

西边的北口一家姓陈。这家好像特别的潮湿，门口总飘出一股湿布的气味，人的身上也带着这种气味。他家有好几棵大石榴，比房檐还高，开花的时候，一院子都是红通通的。结的石榴很大，垂在树枝上，一直到过年下雪时才剪下来。

陈家往南，直到巷子的南口，都是李家的房子。

东边，靠北是一个油坊的堆栈，粉白的照壁上黑漆八个大字：“双窨香油，照庄发客”。

靠南一家姓夏。这家进门就是锅灶，往里是一个不小的院子。这家特别重视过中秋。每年的中秋节，附近的孩子就上他们家去玩，去看院子里还在开着的荷花，几盆大桂花，缸里养的鱼；看他家在院子里摆好了的矮脚的方桌，放了毛豆、芋头、月饼、酒壶，准备一家赏月。

在油坊堆栈和夏家之间，是王玉英的家。

王家人很少，一共三口。王玉英的父亲在县政府当录事，每天一早便提着一个蓝布笔袋，一个铜墨盒去上班。王玉英的弟弟上小学。王玉英整天一个人在家。她老是在她家的门道里做针线。

王玉英家进门有一个狭长的门道。三面是墙：一面是油坊堆栈的墙，一面是夏家的墙，一面是她家房子的山墙。南墙尽头有一个小房门，里面才是她家的房屋。从外面是看不见她家的房屋的。这是一个长方形的天井，一年四季，照不进太阳。夏天很凉快，上面是高高的蓝天，正面的山墙脚下密密地长了一排晚饭花。王玉英就坐在这个狭长的天井里，坐在晚饭花前面做针线。

李小龙每天放学，都经过王玉英家的门外。他都看见王玉英（他看了陈家的石榴，又看了“双窨香油，照庄发客”，还会看看夏家的花木）。晚饭花开得很旺盛，它们使劲地往外开，发疯一样，喊叫着，把自己开在傍晚的空气里。浓绿的，多得不得了的绿叶子；殷红的，胭脂一样的，多得不得了的红花；非常热闹，但又很凄清。没有一点声音。在浓绿浓绿的叶子和乱乱纷纷的红花之前，坐着一个王玉英。

这是李小龙的黄昏。要是没有王玉英，黄昏就不成其为黄昏了。

李小龙很喜欢看王玉英，因为王玉英好看。王玉英长得很黑，但是两只眼睛很亮，牙很白。王玉英有一个很好看的身子。

红花、绿叶、黑黑的脸、明亮的眼睛、白的牙，这是李小龙天天看的一张画。

王玉英一边做针线，一边等着她的父亲。她已经闷[1]好饭了，等父亲一进门就好炒菜。

王玉英已经许了人家。她的未婚夫是钱老五。大家都叫他钱老五。不叫他的名字，而叫钱老五，有轻视之意。老人们说他“不学好”。人很聪明，会画两笔画，也能刻刻图章，但做事没有长性。教两天小学，又到报馆里当两天记者。他手头并不宽裕，却打扮得像个阔少爷，穿着细毛料子的衣裳，梳着油光光的分头，还戴了一副金丝眼镜。他交了许多“三朋四友”，风流浪荡，不务正业。都传说他和一个寡妇相

1　初版本为“焖”。从初刊本。——编者注

好，有时就住在那个寡妇家里，还花寡妇的钱。

这些事也传到了王玉英的耳朵里。连李小龙也都听说了嘛，王玉英还能不知道？不过王玉英倒不怎么难过。她有点半信半疑。而且她相信她嫁过去，他就会改好的。她看见过钱老五，她很喜欢他的人才。

钱老五不跟他的哥哥住。他有一所小房，在臭河边。他成天不在家，门老是锁着。

李小龙知道钱老五在哪里住。他放学每天经过。他有时扒在门缝上往里看：里面有三间房，一个小院子，有几棵树。

王玉英也知道钱老五的住处。她路过时，看看两边没有人，也曾经扒在门缝上往里看过。

有一天，一顶花轿把王玉英抬走了。

从此，这条巷子里就看不见王玉英了。

晚饭花还在开着。

李小龙放学回家，路过臭河边，看见王玉英在钱老五家门前的河边淘米。只看见一个背影。她头上戴着红花。

李小龙觉得王玉英不该出嫁，不该嫁给钱老五。他很气愤。

这世界上再也没有原来的王玉英了。

三姊妹出嫁

秦老吉是个挑担子卖馄饨的。他的馄饨担子是全城独一份，他的馄饨也是全城独一份。

这副担子非常特别。一头是一个木柜，上面有七八个扁扁的抽屉；一头是安放在木柜里的烧松柴的小缸灶，上面支一口紫铜浅锅。铜锅分两格，一格是骨头汤，一格是下馄饨的清水。扁担不是套在两头的柜子上，而是打的时候就安在柜子上，和两个柜子成一体。扁担不是直的，是弯的，像一个罗锅桥。这副担子是楠木的，雕着花，细巧玲珑，很好看。这好像是《东京梦华录》时期的东西，李嵩笔下画出来的玩意儿。秦老吉老远地来了，他挑的不像是馄饨担子，倒好像挑着一件什么文物。这副担子不知道传了多少代了，因为材料结实，做工精细，到现在还很完好。

别人卖的馄饨只有一种，葱花水打猪肉馅。他的馄饨除了猪肉馅的，还有鸡肉馅的、螃蟹馅的，最讲究的是荠菜冬笋肉末馅的，——这种肉馅不是用刀刃而是用刀背剁的！作料也特别齐全，除了酱油、醋，还有花椒油、辣椒油、虾皮、紫菜、葱末、蒜泥、韭花、芹菜和本地人一般不吃的芫荽。馄饨分别放在几个抽屉里，作料敞放在外面，任凭顾客各按口味调配。

他的器皿用具也特别精洁——他有一个拌馅用的深口大盘，是雍正青花！

笃——笃笃，秦老吉敲着竹梆，走来了。找一个柳荫，把担子歇下，竹梆敲出一串花点，立刻就围满了人。

秦老吉就用这副担子，把三个女儿养大了。

秦老吉的老婆死得早，给他留下三个女儿。大凤、二凤和小凤。三个女儿，一个比一个小一岁，梯子蹬似的。三个丫头一个模样，像一个模子脱出来的。三个姑娘，像三张画。有人跟秦老吉说："应该叫你老婆再生一个的，好凑成一套四扇屏儿！"

姊妹三个，从小没娘，彼此提挈，感情很好。一家人都很勤快。一进门，清清爽爽，干净得像明矾澄过的清水。谁家娶了邋遢婆娘，丈夫气急了，就说："你到秦老吉家看看去！"三姊妹各有所长，分工负责。大裁大剪，单夹皮棉——秦老吉冬天穿一件山羊皮的背心，是大姐的；锅前灶后，热水烧汤，是二姐的；小妹妹小，又娇，两个姐姐惯着她，不叫她做重活，她就成天地挑花绣朵。她把两个姐姐绣得全身都是花。围裙上、鞋尖上、手帕上、包头布上，都是花。这些花里有一样必不可少的东西，是凤。

姊妹三个都大了。一个十八，一个十七，一个十六。该嫁了。这三只凤要飞到哪棵梧桐树上去呢？

三姊妹都有了人家了。大姐许了一个皮匠，二姐许了一个剃头的，小妹许的是一个卖糖的。

皮匠的脸上有几颗麻子，一街人都叫他麻皮匠。他在东街的“乾陞和”茶食店廊檐下摆一副皮匠担子。“乾陞和”的门面很宽大，除了一个柜台，两边竖着的两块碎白石底子堆刻黑漆大字的木牌——一块写着“应时糕点”，一块写着“满汉饽饽”。这之外，没有什么东西，放一副皮匠担子一点不碍事。麻皮匠每天一早，“乾陞和”才开了门，就拿起一把长柄的笤帚把店堂打扫干净，然后就在“满汉饽饽”下面支起担子，开始绱鞋。他是个手脚很快的人。走起路来腿快，绱起鞋来手快。只见他把锥子在头发里“光”两下，一锥子扎过鞋帮鞋底，把两根用猪鬃引着的蜡线对穿过去，噌——噌，两把就绱了一针。流利合拍，均匀紧凑。他绱鞋的时候，常有人歪着头看。绱鞋，本来没有看头，但是麻皮匠绱鞋就能吸引人。大概什么事做得很精熟，就很美了。因为手快，麻皮匠一天能比别的皮匠多绱好几双鞋。不但快，绱得也好。针脚细密，楦得也到家，穿在脚上，不易走样。因此，他生意很好。也因此，落下“麻皮匠”这样一个称号。人家做好了鞋，叫佣人或孩子送去绱，总要叮嘱一句：“送到麻皮匠那里去。”这街上还有几个别的皮匠。怕送错了。他脸上的那几颗麻子就成了他的标志。他姓什么呢？好像是姓马。

二姑娘的婆家姓时。老公公名叫时福海。他开了一爿剃头店，字号也就是“时福海记”。剃头的本属于“下九流”，他的店铺每年贴的春联却是：“头等事业，顶上生涯”。自从满清推翻，建立民国，人们剪了辫子，他的店铺主要是剃光头，以“水热刀快”为号召。时福海像所有的老剃头待诏一样，还擅长向阳取耳（掏耳朵），捶背拿筋。剃完头，用两只拳头给顾客哔哔剥剥地捶背（捶出各种节奏和清浊阴阳的脆响），噔噔地揪肩胛后的“懒筋”——捶、揪之后，真是“浑身通泰”。他还专会治“落枕”。睡落了枕，歪着脖子走进去，时福海把你的脑袋搁在他躬起的大腿上，两手扶着下颚，轻试两下，“咔叭”——就扳正了！老年间，剃头匠是半个跌打医生。

这地方不知怎么会有这么一个传统，剃头的多半也是吹鼓手（不是所有的剃头匠都是吹鼓手，也不是所有的吹鼓手都是剃头匠）。时福海就也是一个吹鼓手。他吹唢呐，两腮鼓起两个圆圆的鼓包，憋得满脸通红。他还会“进曲”。好像一城的吹鼓手里只有他会，或只有他擅长于这个玩意儿。人家办丧事，“六七”开吊，在“初献”、“亚献”之后，有“进曲”这个项目。赞礼的礼生喝道“进——曲！”时福海就拿了一面荸荠鼓，由两个鼓手双笛伴奏，唱一段曲子。曲词比昆曲还要古，内容是“神仙道化”，感叹人生无常，有《薤露》、《蒿里》遗意，很可能是元代的散曲。时福海自己也不知道唱的是什么，但还是唱得感慨唏嘘，自己心里都酸溜溜的。

时代变迁，时福海的这一套有点吃不开了。剃光头的人少了，“水热刀快”不那么有号召力了。卫生部门天天宣传挖鼻孔、挖耳朵不卫生。懂得享受捶背揪懒筋的乐趣的人也不多了。时福海忽然变成一个举动迟钝的老头。

时福海有两个儿子。下等人不避父讳，大儿子叫大福子，小儿子叫小福子。

大福子很能赶潮流。他把逐渐暗淡下去的“时福海记”重新装修了一下，门窗柱壁，油漆一新，全都是奶油色，添了三面四尺高、二尺宽的大玻璃镜子。三面大镜之间挂了两个狭长的镜框，里面嵌了磁青砑银的蜡笺对联，请一个擅长书法的医生汪厚基浓墨写了一副对子：

不教白发催人老

更喜春风满面生

他还置办了“夜巴黎”的香水，“司丹康”的发蜡。顶棚上安了一面白布制成的“风扇”，有滑车牵引，叫小福子坐着，一下一下地拉“风扇”的绳子，使理发的人觉得“清风徐来”，十分爽快。这样，“时福海记”就又兴旺起来了。

大福子也学了吹鼓手。笙箫管笛，无不精通。

这地方不知怎么会流传“倒扳桨”、“跌断桥”、“剪靛花”之类的《霓裳续谱》、《白雪遗音》时期的小曲。平常人不唱，唱的多是理发的、搓澡的、修脚的、裁缝、做豆腐的年轻子弟。他们晚上常常聚在“时福海记”唱，大福子弹琵琶。“时福海记”外面站了好些人在听。

二凤要嫁的就是大福子。

三姑娘许的这家苦一点，姓吴，小人叫吴颐福，是个遗腹子。家里只有两个人，一个老母亲，是个跕脚，走起路来一跕一跕的。母子二人，相依为命。妈妈很慈祥，儿子很孝顺。吴颐福是个很聪明的人，十五岁上就开始卖糖。卖糖和卖糖可不一样。他卖的不是普通的芝麻糖、花生糖，他卖的是“样糖”。他跟一个师叔学会了一宗手艺：能把白糖化了，倒在模子里，做成大小不等的福禄寿三星、财神爷、麒麟送子。高的二尺，矮的五寸，衣纹生动，须眉清楚；还能把糖里加了色，不用模子，随手吹出各种瓜果，桃、梨、苹果、佛手，跟真的一样，最好看的是南瓜：金黄的瓜，碧绿的蒂子，还开着一朵淡黄的瓜花。这种糖，人家买去，都是当摆设，不吃。——吃起来有什么意思呢，还不是都是糖的甜味！卖得最多的是糖兔子。白糖加麦芽糖熬了，切成梭子形的一块一块，两头用剪刀剪开，一头窝进腹下，是脚；一头便是耳朵。耳朵下捏一下，便是兔子脸，两边嵌进两粒马料豆，一个兔子就成了！马料豆有绿豆大，一头是通红的，一头是漆黑的。这种豆药店里卖，平常配药很少用它，好像是天生就为了做糖兔的眼睛用的！这种糖兔子很便宜，一般的孩子都买得起。也吃了，也玩了。

师叔死后，这门手艺成了绝活儿，全城只有吴颐福一个人会，因此，他的生意是不错的。

他做的这些艺术品都放在擦得晶亮的玻璃橱子里，在肩上挑着。他的糖担子好像一个小型的展览会，歇在哪里，都有人看。

麻皮匠、大福子、吴颐福，都住得离秦老吉家不远。大姑娘、二姑娘、三姑娘几乎每天都能看到她们的女婿。姐儿仨有时在一起互相嘲戏。三姑娘小凤是个鑞嘴子[1]，咭咭呱呱，对大姐姐说：

“十个麻子九个俏，不是麻子没人要！”

大姐啐了她一口。

她又对二姐姐说：

“姑娘姑娘真不丑，一嫁嫁个吹鼓手。吃冷饭，喝冷酒，

1　鑞嘴子是一种鸟，喙大而硬。此地说嘴尖舌巧的姑娘为鑞嘴子，其实鑞嘴子哑着的时候多，不善鸣叫。

坐人家大门口！”[1]

二姐也啐了她一口。

两个姐姐容不得小凤如此放肆，就一齐反唇相讥：

“敲锣卖糖，各干各行！”

小妹妹不干了，用拳头捶两个姐姐：

“卖糖怎么啦！卖糖怎么啦！”

秦老吉正在外面拌馅儿，听见女儿打闹，就厉声训斥道：

“靠本事吃饭，比谁也不低。麻油拌芥菜，各有心中爱，谁也不许笑话谁！”

三姊妹听了，都吐了舌头。

姐儿仨同一天出门子，都是腊月二十三。一顶花轿接连送了三个人。时辰倒是错开了。头一个是小凤，日落酉时。第二个是大凤，戌时。最后才是二凤。因为大福子要吹唢呐送小姨子，又要吹唢呐送大姨子。轮到他拜堂时已是亥时。给他吹唢呐的是他的爸爸时福海。时福海吹了一气，又坐到喜堂去受礼。

三天回门。三个姑爷，三个女儿都到了。秦老吉办了一桌酒，除了鸡鸭鱼肉，他特意包了加料三鲜馅的绉纱馄饨，

1　这是当地童谣。“吃冷饭，喝冷酒”也有说成“吃人家饭，喝人家酒”的。

让姑爷尝尝他的手艺。鲜美清香，自不必说。

三个女儿的婆家，都住得不远，两三步就能回来看看父亲。炊煮扫除，浆洗缝补，一如往日。有点小灾小病，头疼脑热，三个女儿抢着来伺候，比没出门时还殷勤。秦老吉心满意足，毫无遗憾。他只是有点发愁：他一朝撒手，谁来传下他的这副馄饨担子呢？

笃——笃笃，秦老吉还是挑着担子卖馄饨。

真格的，谁来继承他的这副古典的，南宋时期的，楠木的馄饨担子呢？

一九八一年九月十日

故里三陈

陈 小 手

我们那地方，过去极少有产科医生。一般人家生孩子，都是请老娘。什么人家请哪位老娘，差不多都是固定的。一家宅门的大少奶奶、二少奶奶、三少奶奶，生的少爷、小姐，差不多都是一个老娘接生的。老娘要穿房入户，生人怎么行？老娘也熟知各家的情况，哪个年长的女佣人可以当她的助手，当“抱腰的”，不须临时现找。而且，一般人家都迷信哪个老娘“吉祥”，接生顺当。——老娘家都供着送子娘娘，天天烧香。谁家会请一个男性的医生来接生呢？——我们那里学医的都是男人，只有李花脸的女儿传其父业，成

---

* 初刊于《人民文学》一九八三年第九期，初收于《晚饭花集》。

了全城仅有的一位女医人。她也不会接生，只会看内科，是个老姑娘。男人学医，谁会去学产科呢？都觉得这是一桩丢人没出息的事，不屑为之。但也不是绝对没有。陈小手就是一位出名的男性的产科医生。

陈小手的得名是因为他的手特别小，比女人的手还小，比一般女人的手还更柔软细嫩。他专能治难产。横生、倒生，都能接下来（他当然也要借助于药物和器械）。据说因为他的手小，动作细腻，可以减少产妇很多痛苦。大户人家，非到万不得已，是不会请他的。中小户人家，忌讳较少，遇到产妇胎位不正，老娘束手，老娘就会建议："去请陈小手吧。"

陈小手当然是有个大名的，但是都叫他陈小手。

接生，耽误不得，这是两条人命的事。陈小手喂着一匹马。这匹马浑身雪白，无一根杂毛，是一匹走马。据懂马的行家说，这马走的脚步是"野鸡柳子"，又快又细又匀。我们那里是水乡，很少人家养马。每逢有军队的骑兵过境，大家就争着跑到运河堤上去看"马队"，觉得非常好看。陈小手常常骑着白马赶着到各处去接生，大家就把白马和他的名字联系起来，称之为"白马陈小手"。

同行的医生，看内科的、外科的，都看不起陈小手，认为他不是医生，只是一个男性的老娘。陈小手不在乎这些，只要有人来请，立刻跨上他的白走马，飞奔而去。正在呻吟惨叫的产妇听到他的马脖子上的銮铃的声音，立刻就安定了一些。他下了马，即刻进产房。过了一会（有时时间颇长），听到哇的一声，孩子落地了。陈小手满头大汗，走了出来，对这家的男主人拱拱手："恭喜恭喜！母子平安！"男主人满面笑容，把封在红纸里的酬金递过去。陈小手接过来，看也不看，装进口袋里，洗洗手，喝一杯热茶，道一声"得罪"，出门上马。只听见他的马的銮铃声"哗棱哗棱"……走远了。

陈小手活人多矣。

有一年，来了联军。我们那里那几年打来打去的，是两支军队。一支是国民革命军，当地称之为"党军"；相对的一支是孙传芳的军队。孙传芳自称"五省联军总司令"，他的部队就被称为"联军"。联军驻扎在天王庙[1]，有一团人。团长的太太（谁知道是正太太还是姨太太），要生了，生不下来。叫来几个老娘，还是弄不出来。这太太杀猪也似的乱叫。团长派人去叫陈小手。

陈小手进了天王庙[2]。团长正在产房外面不停地"走柳"。见了陈小手，说：

"大人，孩子，都得给我保住！保不住要你的脑袋！进去吧！"

1、2　初刊本为"天王寺"。从初版本。——编者注这女人身上的脂油太多了，陈小手费了九牛二虎之力，总算把孩子掏出来了。和这个胖女人较了半天劲，累得他筋疲力尽。他迤里歪斜走出来，对团长拱拱手：

“团长！恭喜您，是个男伢子，少爷！”

团长呲牙笑了一下，说：“难为你了！——请！”

外边已经摆好了一桌酒席。副官陪着。陈小手喝了两盅。团长拿出二十块现大洋，往陈小手面前一送：

“这是给你的！——别嫌少哇！”

“太重了！太重了！”

喝了酒，揣上二十块现大洋，陈小手告辞了：“得罪！得罪！”

“不送你了！”

陈小手出了天王庙，跨上马。团长掏出枪来，从后面，一枪就把他打下来了。

团长说：“我的女人，怎么能让他摸来摸去！她身上，除了我，任何男人都不许碰！这小子，太欺负人了！日他奶奶！”

团长觉得怪委屈。

陈　四

陈四是个瓦匠，外号“向大人”。

我们那个城里，没有多少娱乐。除了听书，瞧戏，大家最有兴趣的便是看会，看迎神赛会，——我们那里叫做“迎会”。

所迎的神，一是城隍，一是都土地。城隍老爷是阴间的一县之主，但是他的爵位比阳间的县知事要高得多，敕封“灵应侯”。他的气派也比县知事要大得多。县知事出巡，哪有这样威严，这样多的仪仗队伍，还有各种杂耍玩艺的呢？再说打我记事起，就没见过县知事出巡过，他们只是坐了一顶小轿或坐了自备的黄包车到处去拜客。都土地东西南北四城都有，保佑境内的黎民，地位相当于一个区长。他比活着的区长要神气得多，但比城隍菩萨可就差了一大截了。他的爵位是“灵显伯”。都土地都是有名有姓的。我所居住的东城的都土地是张巡。张巡为什么会到我的家乡来当都土地呢，他又不是战死在我们那里的，这一点我始终没有弄明白。张巡是太守，死后为什么倒降职成了区长了呢？我也不明白。

都土地出巡是没有什么看头的。短簇簇的一群人，打着一些稀稀落落的仪仗，把都天菩萨（都土地为什么被称为“都天菩萨”，这一点我也不明白）抬出来转一圈，无声无息地，一会儿就过完了。所谓“看会”，实际上指的是看赛城隍。

我记得的赛城隍是在夏秋之交，阴历的七月半，正是大热的时候。不过好像也有在十月初出会的。

那真是万人空巷，倾城出观。到那天，凡城隍所经的要闹之处的店铺就都做好了准备：燃香烛，挂宫灯，在店堂前面和临街的柜台里面放好了长凳，有楼的则把楼窗全部打开，烧好了茶水，等着东家和熟主顾人家的眷属光临。这时正是各种瓜果下来的时候，牛角酥、奶奶哼（一种很“面”的香瓜）、红瓤西瓜、三白西瓜、鸭梨、槟子、海棠、石榴，都已上市，瓜香果味，飘满一街。各种卖吃食的都出动了，争奇斗胜，吟叫百端。到了八九点钟，看会的都来了。老太太、大小姐、小少爷。老太太手里拿着檀香佛珠，大小姐衣襟上挂着一串白兰花。佣人手里提着食盒，里面是兴化饼子、绿豆糕，各种精细点心。

远远听见鞭炮声、锣鼓声，“来了，来了！”于是各自坐好，等着。

我们那里的赛会和鲁迅先生所描写的绍兴的赛会不尽相同。前面并无所谓“塘报”。打头的是“拜香的”。都是一些十六七岁的小伙子，光头净脸，头上系一条黑布带，前额缀一朵红绒球，青布衣衫，赤脚草鞋，手端一个红漆的小板凳，板凳一头钉着一个铁管，上插一支安息香。他们合着节拍，依次走着，每走十步，一齐回头，把板凳放到地上，算是一拜，随即转身再走。这都是为了父母生病到城隍庙许了愿的，“拜香”是还愿。后面是“挂香”的，则都是壮汉，用一个小铁钩勾进左右手臂的肉里，下系一个带链子的锡香炉，炉里烧着檀香。挂香多的可至香炉三对。这也是还愿的。后面就是各种玩艺了。

十番锣鼓音乐篷子。一个长方形的布篷，四面绣花篷檐，下缀走水流苏。四角支竹竿，有人撑着。里面是吹手，一律是笙箫细乐，边走边吹奏。锣鼓篷悉有五七篷，每隔一段玩艺有一篷。

茶担子。金漆木桶。桶口翻出，上置一圈细瓷茶杯，桶内和杯内都装了香茶。

花担子。鲜花装饰的担子。

挑茶担子、花担子的扁担都极软，一步一颤。脚步要匀，三进一退，各依节拍，不得错步。茶担子、花担子虽无很难的技巧，但几十副担子同时进退，整整齐齐，亦颇婀娜有致。

舞龙。

舞狮子。

跳大头和尚戏柳翠。[1]

跑旱船。

跑小车。

最清雅好看的是“站高肩”。下面一个高大结实的男人，挺胸调息，稳稳地走着，肩上站着一个孩子，也就是五六岁，都扮着戏，青蛇、白蛇、法海、许仙，关、张、赵、马、黄，李三娘、刘知远、咬脐郎、火公窦老……他们并无动作，只是在大人的肩上站着，但是衣饰鲜丽，孩子都长得清秀伶俐，惹人疼爱。“高肩”不是本城所有，是花了大钱从扬州请来的。

后面是高跷。

再后面是跳判的。判有两种，一种是“地判”，一文一武，手执朝笏，边走边跳。一种是“抬判”。两根杉篙，上面绑着一个特制的圈椅，由四个人抬着。圈椅上蹲着一个判官。下面有人举着一个扎在一根细长且薄的竹片上的红绸做的蝙蝠，逗着判官。竹片极软，有弹性，忽上忽下，判官就追着蝙蝠，做出各种带舞蹈性的动作。他有时会跳到椅背上，甚至能在上面打飞脚。抬判不像地判只是在地面做一些

1 即唐宋杂戏里的《月明和尚戏柳翠》，演和尚的戴一个纸浆做成的很大的和尚脑袋，白色的脑袋，淡青的头皮，嘻嘻地笑着。我们那里已不知和尚法名月明，只是叫他“大头和尚”。

滑稽的动作，这是要会一点“轻功”的。有一年看会，发现跳抬判的竟是我的小学的一个同班同学，不禁哑然。

迎会的玩艺到此就结束了。这些玩艺的班子，到了一些大店铺的门前，店铺就放鞭炮欢迎，他们就会停下来表演一会，或绕两个圈子。店铺常有犒赏。南货店送几大包蜜枣，茶食店送糕饼，药店送凉药洋参，绸缎店给各班挂红，钱庄则干脆扛出一钱板一钱板的铜元，俵散众人。

后面才真正是城隍老爷（叫城隍为“老爷”或“菩萨”都可以，随便的）自己的仪仗。

前面是开道锣。几十面大筛同时敲动。筛极大，得吊在一根杆子上，前面担在一个人的肩上，后面的人担着杆子的另一头，敲。大筛的节奏是非常单调的：哐（锣槌头一击）定定（槌柄两击筛面）哐定定哐，哐定定哐定定哐……如此反复，绝无变化。唯其单调，所以显得很庄严。

后面是虎头牌。长方形的木牌，白漆，上画虎头，黑漆扁宋体黑字，大书“肃静”、“回避”、“敕封灵应侯”、“保国佑民”。

后面是伞，——万民伞。伞有多柄，都是各行同业公会所献，彩缎绣花，绛丝平金，各有特色。我们县里最讲究的几柄伞却是纸伞。硖石所出。白宣纸上扎出芥子大的细孔，利用细孔的虚实，衬出虫鱼花鸟。这几柄宣纸伞后来被城隍庙的道士偷出来拆开一扇一扇地卖了，我父亲曾收得几扇。我曾看过纸伞的残片，真是精细绝伦。

最后是城隍老爷的“大驾”。八抬大轿，抬轿的都是全城最好的轿夫。他们踏着细步，稳稳地走着。轿顶四面鹅黄色的流苏均匀地起伏摆动着。城隍老爷一张油白大脸，疏眉细眼，五绺长须，蟒袍玉带，手里捧着一柄很大的折扇，端端地坐在轿子里。这时，人们的脸上都严肃起来了，正如鲁迅先生所说：诚惶诚恐，不胜屏营待命之至。

城隍老爷要在行宫（也是一座庙里）呆半天，到傍晚时才“回宫”。回宫时就只剩下少许人扛着仪仗执事，抬着轿子，飞跑着从街上走过，没有人看了。

且说高跷。

我见过几个地方的高跷，都不如我们那里的。我们那里的高跷，一是高，高至丈二。踩高跷的中途休息，都是坐在人家的房檐口。我们县的踩高跷的都是瓦匠，无一例外。瓦匠不怕高。二是能玩出许多花样。

高跷队前面有两个“开路”的，一个手执两个棒槌，不停地“郭郭，郭郭”地敲着。一个手执小铜锣，敲着“光光，光光”。他们的声音合在一起，就是“郭郭，光光；郭郭，光光”。我总觉得这“开路”的来源是颇久远的。老远地听见“郭郭，光光”，就知道高跷来了，人们就振奋起来。

高跷队打头的是渔、樵、耕、读。就中以渔公、渔婆最逗。他们要矮身蹲在高跷上横步跳来跳去做钓鱼撒网各种动作，重心很不好掌握。后面是几出戏文。戏文以《小上坟》最动人。小丑和旦角都要能踩“花梆子”碎步。这一出是带唱的。唱的腔调是柳枝腔。当中有一出“贾大老爷”。这贾大老爷不知是何许人，只是一个衙役在戏弄他，贾大老爷不时对着一个夜壶口喝酒。他的颟顸总是引得看的人大笑。殿底的是“火烧向大人”。三个角色：一个铁公鸡，一个张嘉祥，一个向大人。向大人名荣，是清末的大将，以镇压太平天国有功，后死于任。看会的人是不管他究竟是谁的，也不论其是非功过，只是看扮演向大人的“演员”的功夫。那是很难的。向大人要在高跷上蹚马，在高跷上坐轿，——两只手抄在前面，“存”着身子，两只脚（两只跷）一蹽一蹽地走，有点像戏台上“走矮子”。他还要能在高跷上做“探海”、“射雁”这些在平地上也不好做的高难动作（这可真是“高难”，又高又难）。到了挨火烧的时候，还要左右躲闪，簸脑袋，甩胡须，连连转圈。到了这时，两旁店铺里的看会人就会炸雷也似地大声叫起“好”来。

擅长表演向大人的，只有陈四，别人都不如。

到了会期，陈四除了在县城表演一回，还要到三垛去赶一场。县城到三垛，四十五里。陈四不卸装，就登在高跷上沿着澄子河堤赶了去。赶到那里，准不误事。三垛的会，不见陈四的影子，菩萨的大驾不起。

有一年，城里的会刚散，下了一阵雷暴雨，河堤上不好走，他一路赶去，差点没摔死。到了三垛，已经误了。

三垛的会首乔三太爷抽了陈四一个嘴巴，还罚他当众跪了一炷香。

陈四气得大病了一场。他发誓从此再也不踩高跷。

陈四还是当他的瓦匠。

到冬天，卖灯。

冬天没有什么瓦匠活，我们那里的瓦匠冬天大都以糊纸灯为副业，到了灯节前，摆摊售卖。陈四的灯摊就摆在保全堂廊檐下。他糊的灯很精致。荷花灯、绣球灯、兔子灯。他糊的蛤蟆灯，绿背白腹，背上用白粉点出花点，四只爪子是活的，提在手里，来回划动，极其灵巧。我每年要买他一盏蛤蟆灯，接连买了好几年。

陈 泥 鳅

邻近几个县的人都说我们县的人是黑屁股。气得我的一个姓孙的同学，有一次当着很多人褪下了裤子让人看：“你们看！黑吗？”我们当然都不是黑屁股。黑屁股指的是一种救生船。这种船专在大风大浪的湖水中救人、救船，因为船尾涂成黑色，所以叫做黑屁股。说的是船，不是人。

陈泥鳅就是这种救生船上的一个水手。

他水性极好，不愧是条泥鳅。运河有一段叫清水潭。因为民国十年、民国二十年都曾在这里决口，把河底淘成了一个大潭。据说这里的水深，三篙子都打不到底。行船到这里，不能撑篙，只能荡桨。水流也很急，水面上拧着一个一个漩涡。从来没有人敢在这里游水。陈泥鳅有一次和人打赌，一气游了个来回。当中有一截，他半天不露脑袋，半天半天，岸上的人以为他沉了底，想不到一会，他笑嘻嘻地爬上岸来了！

他在通湖桥下住。非遇风浪险恶时，救生船一般是不出动的。他看看天色，知道湖里不会出什么事，就呆在家里。

他也好义，也好利。湖里大船出事，下水救人，这时是不能计较报酬的。有一次一只装豆子的船在琵琶闸炸了，炸得粉碎。事后知道，是因为船底有一道小缝漏水，水把豆子浸湿了，豆子吃了水，突然间一齐膨胀起来，“砰”的一声把船撑炸了——那力量是非常之大的。船碎了，人掉在水里。这时跳下水救人，能要钱么？民国二十年，运河决口，陈泥鳅在激浪里救起了很多人。被救起的都已经是家破人亡，一无所有了，陈泥鳅连人家的姓名都没有问，更谈不上要什么酬谢了。在活人身上，他不能讨价；在死人身上，他却是不少要钱的。

人淹死了，尸首找不着。事主家里一不愿等尸首泡胀了漂上来，二不愿尸首被“四水捋子”[1]钩得稀烂八糟，这时就会来找陈泥鳅。陈泥鳅不但水性好，且在水中能开眼见物。他就在出事地点附近，察看水流风向，然后一个猛子扎下去，潜入水底，伸手摸触。几个猛子之后，他准能把一个死尸托上来。不过得事先讲明，捞上来给多少酒钱，他才下去。有时讨价还价，得磨半天。陈泥鳅不着急，人反正已经死了，让他在水底多呆一会没事。

陈泥鳅一辈子没少挣钱，但是他不置产业，一个积蓄也没有。他花钱很撒漫，有钱就喝酒尿了，赌钱输了。有的时候，也偷偷地赒济一些孤寡老人，但嘱咐千万不要说出去。他也不娶老婆。有人劝他成个家，他说：“瓦罐不离井上破，大将难免阵头亡。淹死会水的。我见天跟水闹着玩，不定哪天龙王爷就把我请了去。留下孤儿寡妇，我死在阴间也不踏实。这样多好，吃饱了一家子不饥，无牵无挂！”

通湖桥桥洞里发现了一具女尸。怎么知道是女尸？她的

1 “四水捋子”是一种在水中打捞东西的用具，四面有弯钩，状如一小铁锚，而钩尖极锐利。

长头发在洞口外飘动着。行人报了乡约，乡约报了保长，保长报到地方公益会。桥上桥下，围了一些人看。通湖桥是直通运河大闸的一道桥，运河的水由桥下流进澄子河。这座桥的桥洞很高，洞身也很长，但是很狭窄，只有人的肩膀那样宽。桥以西，桥以东，水面落差很大，水势很急，翻花卷浪，老远就听见訇訇的水声，像打雷一样。大家研究，这女尸一定是从大闸闸口冲下来的，不知怎么会卡在桥洞里了。不能就让她这么在桥洞里堵着。可是谁也想不出办法，谁也不敢下去。

去找陈泥鳅。

陈泥鳅来了，看了看。他知道桥洞里有一块石头，突出一个尖角（他小时候老在洞里钻来钻去，对洞里每一块石头都熟悉）。这女人大概是身上衣服在这个尖角上绊住了。这也是个巧劲儿，要不，这样猛的水流，早把她冲出来了。

“十块现大洋，我把她弄出来。”

“十块？”公益会的人吃了一惊，“你要得太多了！”

“是多了点。我有急用。这是玩命的事！我得从桥洞西口顺水窜进桥洞，一下子把她拨拉动了，就算成了。就这一下。一下子拨拉不动，我就会塞在桥洞里，再也出不来了！你们也都知道，桥洞只有肩膀宽，没法转身。水流这样急，退不出来。那我就只好陪着她了。”

大家都说："十块就十块吧！这是砂锅捣蒜，一锤子！"

陈泥鳅把浑身衣服脱得光光的，道了一声"对不起了！"纵身入水，顺着水流，笔直地窜进了桥洞。大家都捏着一把汗。只听见欻地一声，女尸冲出来了。接着陈泥鳅从东面洞口凌空窜进了水面。大家伙发了一声喊："好水性！"

陈泥鳅跳上岸来，穿了衣服，拿了十块钱，说了声"得罪得罪！"转身就走。

大家以为他又是进赌场、进酒店了。没有，他径直地走进陈五奶奶家里。

陈五奶奶守寡多年。她有个儿子，去年死了，儿媳妇改了嫁，留下一个孩子。陈五奶奶就守着小孙子过，日子很折皱[1]。这孩子得了急惊风，浑身滚烫，鼻翅扇动，四肢抽搐，陈五奶奶正急得两眼发直。陈泥鳅把十块钱交在她手里，说："赶紧先到万全堂，磨一点羚羊角，给孩子喝了，再抱到王淡人那里看看！"

说着抱了孩子，拉了陈五奶奶就走。

陈五奶奶也不知哪里来的劲，跟着他一同走得飞快。

一九八三年八月一日急就

1　这是我的家乡话，意思是很困难，很不顺利。

故人往事

戴车匠

戴车匠是东街一景。

车匠是一种很古老的行业了。中国什么时候开始有车匠，无可考。想来这是很久远的事了。所谓车匠，就是在木制的车床子上用旋[1]刀车旋小件圆形木器的那种人。从我记事的时候，全城似只有这一个车匠，一家车匠店。

车匠店离草巷口不远，坐南朝北。左邻是侯家银匠店，右邻是杨家香店。侯银匠成天用一根吹管吹火打银簪子、银镯子，或用小錾子錾银器上的花纹。侯家还出租花轿。花轿

* 初刊于《新苑》一九八六年第一期，初收于《汪曾祺自选集》。

1 “旋刀”初刊本通作“镟刀”。从初版本。——编者注

就停放在店堂的后面。大红缎子的轿帏，上绣丹凤朝阳和八仙，——中国的八仙是一组很奇怪的仙人，什么场合都有他们的份。结婚和八仙有什么关系呢？谁家姑娘要出阁，就事前到侯银匠家把花轿订下来。这顶花轿不知抬过多少新娘子了。附近几条街巷的人家，大家小户，都用这顶花轿。杨家香店柜前立着一块竖匾，上面不是写的字，却是用金漆堆塑出一幅“鹤鹿同春”的画。弯着脖子吃草的金鹿和拳一只腿的金鹤留给过往行人很深的印象，因为一天要看见好多次。而且这是一幅画，凡是画，只要画得不太难看，人们还是愿意看一眼的。这在劳碌的生活中也是一种享受。我们那里不知道为什么有这样一种规矩，香店里每天都要打一盆稀稀的浆糊，免费供应街邻。人家要用少量的浆糊，就拿一块小纸，到香店里去“寻”。——大量的当然不行，比如糊窗户、打袼褙，那得自己家里拿面粉冲。我小时糊风筝，就常到杨家香店寻浆糊（一个“三尾”的风筝是用不了多少浆糊的）……

戴家车匠店夹在两家之间。门面很小，只有一间。地势却颇高。跨进门坎，得上五层台阶。因此车匠店有点像个小戏台（戴车匠就好像在台上演戏）。店里正面是一堵板壁。板壁上有一副一尺多长，四寸来宽的小小的朱红对子，写的是：

室雅何须大

花香不在多

不知这是哪位读书人的手笔。但是看来戴车匠很喜欢这副对子。板壁后面，是住家。前面，是作坊。作坊靠西墙，放着两张车床。这所谓车床和现代的铁制车床是完全不同的。就像一张狭长的小床，木制的，有一个四框，当中有一个车轴，轴上安小块木料[1]，轴下有皮条，皮条钉在踏板上，双脚上下踏动踏板，皮条牵动车轴，木料[2]来回转动，车匠坐在坐板上，两手执定旋刀[3]，车旋成器[4]，这就是中国的古式的车床，——其原理倒是和铁制车床是一样的。这东西用语言是说不清楚的。《天工开物》之类的书上也许有车床的图，我没有查过。

靠里的车床是一张大的，那还是戴车匠的父亲留下的。老一辈人打东西不怕费料，总是超过需要的粗壮。这张老车床用了两代人，坐板已经磨得很光润，所有的榫头都还是牢牢实实的，没有一点活动。戴车匠嫌它过于笨重，就自己另打了一张新的。除了做特别沉重的东西，一般都使外边较小的这一张。

戴车匠起得很早。在别家店铺才卸下铺板的时候，戴车

1 “小块木料”初刊本为“镟刀”。从初版本。——编者注

2 “木料”初刊本为“镟刀”。从初版本。——编者注

3 “旋刀”初刊本为“小块木料”。从初版本。——编者注

4 “车旋成器”初刊本为“就镟刀上车镟成器”。从初版本。——编者注

匠已经吃了早饭，选好了材料，看看图样，坐到车床的坐板上了。一个人走进他的工作[1]，是叫人感动的[2]。他这就和这张床子成了一体，一刻不停地做起活来了。看到戴车匠坐在床子上，让人想起古人说的："百工居于肆，以成其器。"中国的工匠，都是很勤快的。好吃懒做的工匠，大概没有，——很少。

车匠做的活都是圆的。常言说："砍的没有旋的圆。"较粗的活是量米的升子，烧饼槌子。——我们那里擀烧饼不用擀杖，用一种特制的烧饼槌子，一段圆木头，车光了，状如一个小碌碡，当中掏出圆洞，插进一个木杆。较细的活是布掸子的把，——末端车成一个滴溜圆的小球或甘露形状；擀烧麦皮用的细擀杖，——我们那里擀烧麦皮用两根小擀杖同时擀，擀杖长五寸，粗如指，极光滑，两根擀杖须分量相等。最细致的活是装围棋子的槟榔木的小圆罐，——罐盖须严丝合缝，木理花纹不错分毫。戴车匠做的最多的是大小不等的滑车。这是三桅大帆船上用的。布帆升降，离不开滑车。做得了的东西，都悬挂在西边墙上，真是琳琅满目，细巧玲珑。

车匠用的木料都是坚实细致的，檀木——白檀，紫檀，

1 "工作"初刊本为"工作间"。从初版本。——编者注

2 "是"前初刊本有"见到这样子"。从初版本。——编者注

红木，黄杨，枣木，梨木，最次的也是榆木的。戴车匠踩动踏板，执刀[1]就料[2]，旋刀轻轻地吟叫着，吐出细细的木花。木花如书带草，如韭菜叶，如番瓜瓤，有白的、浅黄的、粉红的、淡紫的，落在地面上，落在戴车匠的脚上，很好看。住在这条街上的孩子多爱上戴车匠家看戴车匠做活，一个一个，小傻子似的，聚精会神，一看看半天。

孩子们愿意上戴车匠家来，还因为他养着一窝洋老鼠——白耗子，装在一个一面有玻璃的长方木箱里，挂在东面的墙上。洋老鼠在里面踩车、推磨、上楼、下楼，整天不闲着，——无事忙。戴车匠这么大的人了，对洋老鼠并无多大兴趣，养来是给他的独儿子玩的。

一到快过清明节了，大街小巷的孩子就都惦记起戴车匠来。

这里的风俗，清明那天吃螺蛳，家家如此，说是清明吃螺蛳，可以明目。买几斤螺蛳，入盐，少放一点五香大料，煮出一大盆，可供孩子吃一天。孩子们除了吃，还可以玩，——用螺蛳弓把螺蛳壳射出去，螺蛳弓是竹制的小弓，有一支小弓箭，附在双股麻线拧成的弓弦上。竹箭从竹片窝成的弓背当中的一个窟窿里穿过去。孩子们用竹箭的尖

1 “刀”初刊本为“料”。从初版本。——编者注
2 “料”初刊本为“刀”。从初版本。——编者注

端把螺蛳掏出来吃了，用螺蛳壳套在竹箭上，一拉弓弦，弓背弯成满月，一撒手，哒的一声，螺蛳壳便射了出去。射得相当高，相当远。在平地上，射上屋顶是没有问题的。——竹箭被弓背挡住，是射不出去的。家家孩子吃螺蛳，放螺蛳弓，因此每年夏天瓦匠检漏时，总要从瓦楞里打扫下好些螺蛳壳来。不知道为什么，这种螺蛳弓都是车匠做，——其实这东西不用上床子旋，只要用破竹的作刀即能做成，应该由竹器店供应才对。清明前半个月，戴车匠就把别的活都停下来，整天地做螺蛳弓。孩子们从戴车匠门前过，就都兴奋起来。到了接近清明，戴车匠家就都是孩子。螺蛳弓分大、中、小三号，弹力有差，射程远近不同，价钱也不一样。孩子们眼睛发亮，挑选着，比较着，挨挨挤挤，叽叽喳喳，好不热闹。到清明那天，听吧，到处是拉弓放箭的声音："哒——哒！"

戴车匠每年照例要给他的儿子做一张特号的大弓。所有的孩子看了都羡慕。

戴车匠眯缝着眼睛看着他的儿子坐在门坎上吃螺蛳，把螺蛳壳用力地射到对面一家倒闭了的钱庄的屋顶上，若有所思。

他在想什么呢？

他的儿子已经八岁了。他该不会是想：这孩子将来干什么？是让他也学车匠，还是另外学一门手艺？世事变化很快，他隐隐约约觉得，车匠这一行恐怕不能永远延续下去。

一九八一年，我回乡了一次（我去乡已四十余年）。东街已经完全变样，戴家车匠店已经没有痕迹了。——侯家银匠店，杨家香店，也都没有了。

也许这是最后一个车匠了。

收字纸的老人

中国人对于字有一种特殊的崇拜心理，认为字是神圣的。有字的纸是不能随便抛掷的。亵渎了字纸，会遭到天谴。因此，家家都有一个字纸篓。这是一个小口、宽肩的扁篓子，竹篾为胎，外糊白纸，正面竖贴着一条二寸来宽的红纸，写着四个正楷的黑字："敬惜字纸"。字纸篓都挂在一个尊贵的地方，一般都在堂屋里家神菩萨的神案的一侧。隔十天半月，字纸篓快满了，就由收字纸的收去。这个收字纸的姓白，大人小孩都叫他老白。他上岁数了，身体却很好。满腮的白胡子茬，衬得他的脸色异常红润。眼不花，耳不聋。

走起路来，腿脚还很轻快。他背着一个大竹筐，推门走进相熟的人家，到堂屋里把字纸倒在竹筐里，转身就走，并不惊动主人。有时遇见主人正在堂屋里，也说说话，问问老太爷的病好些了没有，小少爷快该上学了吧……

他把这些字纸背到文昌阁去，烧掉。

文昌阁的地点很偏僻，在东郊，一条小河的旁边，一座比较大的灰黑色的四合院。叫做阁，其实并没有什么阁。正面三间朝北的平房，砖墙瓦顶，北墙上挂了一幅大立轴，上书“文昌帝君之神位”，纸色已经发黑。香案上有一副锡制的香炉烛台。除此之外，一无所有，显得空荡荡的。这文昌帝君不知算是什么神，只知道他原先也是人，读书人，曾经连续做过十七世士大夫，不知道怎么又变成了“帝君”。他是司文运的。更具体地说，是掌握读书人的功名的。谁该有什么功名，都由他决定。因此，读书人对他很崇敬。过去，每逢初一、十五，总有一些秀才或候补秀才到阁里来磕头。要是得了较高的功名，中了举，中了进士，就更得到文昌阁来拈香上供，感谢帝君恩德。科举时期，文昌阁在一县的士人心目中是占据很重要的位置的，后来，就冷落下来了。

正房两侧，各有两间厢房。西厢房是老白住的。他是看文昌阁的，也可以说是一个庙祝。东厢房存着一副《文昌帝君阴骘文》的书板。当中是一个颇大的院子，种着两棵柿子树。夏天一地浓阴，秋天满株黄柿。柿树之前，有一座一人多高的砖砌的方亭子，亭子的四壁各有一个脸盆大的圆洞。这便是烧化字纸的化纸炉。化纸炉设在文昌阁，顺理成章。老白收了字纸，便投在化纸炉里，点火焚烧。化纸炉四面通风，不大一会，就烧尽了。

老白孤身一人，日子好过。早先有人拈香上供，他可以得到赏钱。有时有人家拿几刀纸让老白代印《阴骘文》（印了送人，是一种积德的善举），也会送老白一点工钱。老白印了多次《阴骘文》，几乎能背下来了（他是识字的），开头是："帝君曰：吾一十七世为士大夫身，未尝虐民酷吏……"后来，也没有人来印《阴骘文》了，这副板子就闲在那里，落满了灰尘。不过老白还是饿不着的。他挨家收字纸，逢年过节，大家小户都会送他一点钱。端午节，有人家送他几个粽子；八月节，几个月饼；年下，给他二升米，一方咸肉。老白粗茶淡饭，怡然自得。化纸之后，关门独坐。门外长流水，日长如小年。

他有时也会想想县里的几个举人、进士到阁里来上供谢神的盛况。往事历历，如在目前。有一天夜里，他做了一个梦，李三老爷点了翰林，要到文昌阁拈香。旗锣伞扇，摆了二里长。他听见有人叫他："老白！老白！李三老爷来进香了，轿子已经到了螺蛳坝，你还不起来把正门开了！"老白一骨碌坐起来，愣怔了半天，才想起来三老爷已经死了好几年了。这李三老爷虽说点了翰林，人缘很不好，一县人背后都叫他李三麻子。

老白收了字纸，有时要抹平了看看（他怕万一有人家把房地契当字纸扔了，这种事曾经发生过）。近几年他收了一些字纸，却一个字都不认得。字横行如蚯蚓，还有些三角、圆圈、四方块。那是中学生的英文和几何的习题。他摇摇头，把这些练习本和别的字纸一同填进化纸炉烧了。孔夫子和欧几米德、纳斯菲尔于是同归于尽。

老白活到九十七岁，无疾而终。

花　瓶

这张汉是对门万顺酱园连家的一个亲戚兼食客，全名是张汉轩，大家却都叫他张汉。大概是觉得已经沦为食客，就不必“轩”了。此人有七十岁了，长得活脱像一个伏尔泰，一张尖脸，一个尖尖的鼻子。他年轻时在外地做过幕，走过很多地方，见多识广，什么都知道，是个百事通。比如说抽烟，他就告诉你烟有五种：水、旱、鼻、雅、潮。“雅”是鸦片。“潮”是潮烟，这地方谁也没见过。说喝酒，他就能说出山东黄、状元红、莲花白……说喝茶，他就告诉你狮峰龙井、苏州的碧螺春，云南的“烤茶”是在怎样一个罐里烤的，福建的功夫茶的茶杯比酒盅还小，就是吃了一只炖肘子，也只能喝三杯，这茶太酽了。他熟读《子不语》、《夜雨秋灯录》，能讲许多鬼狐故事。他还知道云南怎样放蛊，湘西怎样赶尸。他还亲眼见到过旱魃、僵尸、狐狸精，有时间，有地点，有鼻子有眼。三教九流，医卜星相，他全知道。他读过《麻衣神相》、《柳庄神相》，会算“奇门遁甲”、“六壬课”、“灵棋经”。他总要到快九点钟时才出现（白天不知道他干什么），他一来，大家精神为之一振，这一晚上就全听他一个人刮话。

（旧作《异秉》）

张汉在保全堂药店讲过许多故事。有些故事平平淡淡，意思不大（尽管他说得神乎其神）。有些过于不经，使人难信。有一些却能使人留下强烈印象，日后还会时常想起。

下面就是他讲过的一个故事。

死生由命，富贵在天。不但是人，就是猫狗，也都有它的命。就是一件器物，什么时候毁坏，在它造出来的那一天，就已经注定了。

江西景德镇，有一个瓷器工人，专能制造各种精美瓷器。他造的瓷器，都很名贵。他同时又是个会算命的人。每回造出一件得意的瓷器，他就给这件瓷器算一个命。有一回，他造了一只花瓶。出窑之后，他都呆了：这是一件窑变，颜色极美，釉彩好像在不停地流动，光华夺目，变幻不定。这是他入窑之前完全没有想到的。他给这只花瓶也算了一个命。花瓶脱手之后，他就一直设法追踪这只宝器的下落。

过了若干年，这件花瓶数易其主，落到一家人家。当然是大户人家，而且是爱好古玩的收藏家。小户人家是收不起这样价值连城的花瓶的。

这位瓷器工人，访到了这家，等到了日子，敲门求见。主人出来，知是远道来客，问道："何事？"——"久闻府上收了一只窑变花瓶，我特意来看看。——我是造这只花瓶的工人。"主人见这人的行动有点离奇，但既是造花瓶的人，不便拒绝，便迎进客厅待茶。

瓷器工人抬眼一看，花瓶摆在条案上，别来无恙。

主人好客，虽是富家，却不倨傲。他向瓷器工人讨教了一些有关烧窑挂釉的学问，并拿出几件宋元瓷器，请工人鉴赏。宾主二人，谈得很投机。

忽然听到哨啷一声，条案上的花瓶破了！主人大惊失色，跑过去捧起花瓶，跌着脚连声叫道："可惜！可惜！——好端端地，怎么会破了呢？”

瓷器工人不慌不忙，走了过去，接过花瓶，对主人说：“不必惋惜。”他从瓶里摸出一根方头铁钉，并让主人向花瓶胎里看一看。只见瓶腹内用蓝釉烧着一行字：

某年月日时鼠斗落钉毁此瓶

这是一个迷信故事。这个故事当然是编出来的。不过编得很有情致。这比许多荒唐恐怖的迷信故事更能打动人，并且使人获得美感。一件瓷器的毁损，也都是前定的，这种宿命观念不可谓不深刻。这故事是谁编的？为什么要编出这样的故事？迷信当然不能提倡，但是宿命观念是久远而且牢固的，它将会在相当长的时间内，在中国人的思想里潜伏。人类只要还不能完全掌握自己的命运，迷信总还会存在。许多迷信故事应当收集起来，这对我们了解这个民族长期形成的心理素质是有帮助的。从某一方面说，这也是一宗文化遗产。

如意楼和得意楼

扬州人早上皮包水（上茶馆），晚上水包皮（上澡堂子）。

扬八属（扬州所属八县）莫不如此，我们那个小县城就有不少茶楼。竺家巷是一条不很长，也不宽的巷子，巷口就有两家茶馆。一家叫如意楼，一家叫得意楼。两家茶馆斜对门。如意楼坐西朝东，得意楼坐东朝西。两家离得很近。下雨天，从这家到那家，三步就能跳过去。两家的楼上的茶客可以凭窗说话，不用大声，便能听得清清楚楚。如要隔楼敬烟，把烟盒轻轻一丢，对面便能接住。如意楼的老板姓胡，人称胡老板或胡老二。得意楼的老板姓吴，人称吴老板或吴老二。

上茶馆并不是专为喝茶。茶当然是要喝的。但主要是去吃点心。所以“上茶馆”又称“吃早茶”。“明天我请你吃早茶。”——“我的东，我的东！”——“我先说的，我先说的！”茶馆又是人们交际应酬的场所。摆酒请客，过于隆重。吃早茶则较为简便，所费不多。朋友小聚，店铺与行客洽谈生意，大都是上茶馆。间或也有为了房地纠纷到茶馆来“说事”的。有人居中调停，两下拉拢；有人仗义执言，明辨是非，有点类似江南的“吃讲茶”。上茶馆是我们那一带人生活里的重要项目，一个月里总要上几次茶馆。有人甚至是每天上茶馆的，熟识的茶馆里有他的常座和单独给他预备的茶壶。

扬州一带的点心是很讲究的，世称“川菜扬点”。我们那个县里茶馆的点心不如扬州富春那样的齐全，但是品目也不少。计有：

包子。这是主要的。包子是肉馅的（不像北方的包子往往掺了白菜或韭菜）。到了秋天，螃蟹下来的时候，则在包子嘴上加一撮蟹肉，谓之“加蟹”。我们那里的包子是不收口的。捏了褶子，留一个小圆洞，可以看到里面的馅。“加蟹”包子每一个的口上都可以看到一块通红的蟹黄，油汪汪的，逗引人们的食欲。野鸭肥壮时，有几家大茶馆卖野鸭馅的包子，一般茶馆没有。如意楼和得意楼都未卖过。

蒸饺。皮极薄，皮里一包汤汁。吃蒸饺须先咬破一小口，将汤汁吸去。吸时要小心，否则烫嘴。蒸饺也是肉馅，也可以加笋，——加切成米粒大的冬笋细末，则须于正价之外，另加笋钱。

烧麦。烧麦通常是糯米肉末为馅。别有一种“清糖菜”烧麦，乃以青菜煮至稀烂，菜叶菜梗，都已溶化，略无渣滓，少加一点盐，加大量的白糖、猪油，搅成糊状，用为馅。这种烧麦蒸熟后皮子是透明的，从外面可以看到里面碧绿的馅，故又谓之翡翠烧麦。

千层油糕。

糖油蝴蝶花卷。

蜂糖糕。

开花馒头。

在点心没有上桌之前，先喝茶，吃干丝。我们那里茶馆里吃点心都是现要，现包，现蒸，现吃。笼是小笼，一笼蒸十六只。不像北方用大笼蒸出一屉，拾在盘子里。因此要了点心，得等一会。喝茶、吃干丝的时候，也是聊天的时候，干丝是扬州镇江一带特有的东西。压得很紧的方块豆腐干，用快刀劈成薄片，再切为细丝，即为干丝。干丝有两种。一种是烫干丝，干丝在开水里烫后，加上好秋油、小磨麻油、金钩虾米、姜丝、青蒜末。上桌一拌，香气四溢。一种是煮干丝，乃以鸡汤煮成，加虾米、火腿。煮干丝较俗，不如烫干丝清爽。吃干丝必须喝浓茶。吃一筷干丝，呷一口茶，这样才能各有余味，相得益彰。有爱喝酒的，也能就干丝喝酒。早晨喝酒易醉。常言说："莫饮卯时酒，昏昏直至酉。"但是我们那里爱喝"卯酒"的人不少。这样喝茶、吃干丝，吃点心，一顿早茶要吃两个来小时。我们那里的人，过去的生活真是够悠闲的。——一九八一年我回乡一次，吃早茶的风气还有，但大家吃起来都是匆匆忙忙的了。恐怕原来的生活节奏也是需要变一变。

如意楼的生意很好。一大清早，小徒弟就把铺板卸了，把两口炉灶升起来，——一口烧开水，一口蒸包子，巷口就弥漫了带硫磺味道的煤烟。一个师傅剁馅。茶馆里剁馅都是在一个高齐人胸的粗大的木墩上剁。师傅站在一个方木块上，两手各执一把厚背的大刀，抡起胳膊，乒乒乓乓地剁。一个师傅就一张方桌边切干丝。另外三个师傅揉面。“打倒的媳妇揉倒的面”，包子皮有没有咬劲，全在揉。他们都很紧张，很专注，很卖力气。一天就这样开始了。

如意楼的胡二老板有三十五六了。他是个矮胖子，生得五短，但是很精神。双眼皮，大眼睛，满面红光，一头乌黑的短头发。他是个很勤勉的人。每天早起，店门才开，他即到店。各处巡视，尝尝肉馅咸淡，切开揉好的面，看看蜂窝眼的大小。我们那里包包子的面不能发得太大，不像北方的包子，过于暄腾，得发得只起小孔，谓之“小酵面”。这样才筋道，而且不会把汤汁渗进包子皮。然后，切下一小块面，在烧红的火叉上烙一烙，闻闻面香，看兑碱兑的合适不合适。其实师傅们调馅兑碱都已很有经验，准保咸淡适中，酸碱合度，不会有差。但是胡老二还是每天要视验一下，方才放心。然后，就坐下来和师傅们一同擀皮子，刮馅儿，包包子、烧麦、蒸饺……（他是学过这行手艺的，是城里最大的茶馆小蓬莱出身）茶馆的案子都是比较矮的，他一坐下，就好像短了半截。如意楼做点心的有三个人，连胡老二自己，四个。胡二老板坐在靠外的一张矮板凳上，为的是有熟客来时，好欠起屁股来打个招呼："您来啦！您请楼上坐！"客人点点头，就一步一步登上了楼梯。

胡老二在东街不算是财主，他自己总是很谦虚地说他的买卖本小利微，经不起风雨。他和开布店的、开药店的、开酱园的、开南货店的、开棉席店的……自然不能相比。他既是财东，又是要手艺的。他穿短衣时多，很少有穿了长衫，摇着扇子从街上走的时候。但是大家都知道他手里很足实，这些年正走旺字。屋里有金银，外面有戥秤。他一天卖了多少笼包子，下多少本，看多少利，本街的人是算得出来的。"如意楼"这块招牌不大，但是很亮堂。招牌下面缀着一个红布条，迎风飘摆。

相形之下，对面的得意楼就显得颇为暗淡。如意楼高朋满座，得意楼茶客不多。上得意楼的多是上城完粮的小乡绅、住在五湖居客栈的外地人，本街的茶客少。有些是上了如意楼楼上一看，没有空座，才改主意上对面的。其实两家卖的东西差不多，但是大家都爱上如意楼，不爱上得意楼。这真是没有办法的事。

得意楼的老板吴老二有四十多了，是个细高条儿，疏眉细眼。他自己不会做点心的手艺，整天只是坐在账桌边写账，——其实茶馆是没有多少账好写的。见有人来，必起身为礼："楼上请！"然后扬声吆喝："上来 × 位！"这是招呼楼上的跑堂的。他倒是穿长衫的。账桌上放着一包哈德门香烟，不时点火抽一根，蹙着眉头想心事。

得意楼年年亏本，混不下去了。吴老二只好改弦更张，另辟蹊径。他把原来做包点的师傅辞了，请了一个厨子，茶馆改酒馆。旧店新开，不换招牌，还叫做得意楼。开张三天，半卖半送。鸡鸭鱼肉，煎炒烹炸，面饭两便，气象一新。同街店铺送了大红对子，道喜兼来尝新的络绎不绝，颇为热闹。过了不到二十天，就又冷落下来了。门前的桌案上摆了几盘煎熟了的鱼，看样子都不怎么新鲜。灶上的铁钩上挂了两只鸡，颜色灰白。纱橱里的猪肝、腰子，全都瘪塌塌地摊在盘子里。吴老二脱去了长衫，穿了短袄，系了一条白布围裙，从老板降格成了跑堂的了。他肩上搭了一条抹布，围裙的腰里别了一把筷子。——这不知是一种什么规矩，酒馆的跑堂的要把筷子别在腰里。这种规矩，别处似少见。他脚上有脚垫，又是“踩趾”——脚趾头摞着，走路不利索。他就这样一拐一拧地招呼座客。面色黄白，两眼无神，好像害了一种什么不易治疗的慢性病。

得意楼酒馆看来又要开不下去。一街的人都预言，用不了多久，就会关张的。

吴老二蹙着眉头想：我怎么就这么不走运呢？

他不知道，他的买卖开不好，原因就是他的精神萎靡。

他老是这么拖拖沓沓，没精打采，吃茶吃饭的顾客，一看见他的呆滞的目光，就倒了胃口了。

一个人要兴旺发达，得有那么一点精气神。

一九八五年七月上旬作

鲍团长

鲍团长是保卫团的团长。

保卫团是由商会出钱养着的一支小队伍。保卫什么人？保卫大商家和有钱有势的绅士大户人家，防备土匪进城抢劫。这支队伍样子很奇怪。说兵不是兵。他们也穿军装，打绑腿，可是军装绑腿既不是草绿色的，也不是灰色的，而是“海昌蓝”的。——也不像警察，警察的制服是黑的。叫做“团”，实际上只有一排人。多半是从各种杂牌军开小差下来的。他们的任务是每天晚上到大街小巷巡逻一遍。有时大户人家办红白喜事，鲍团长会派两个弟兄到门口去站岗。他们也出操，拔正步。拔正步对他们是没有什么意义的，因为他

＊初刊于一九九三年一月六日《大公报》，初收于《汪曾祺文集·小说卷》。

们从来不参加检阅。日常无事，就在团部擦枪。下雨天更是擦枪的日子。

保卫团的团部在承志桥。承志桥在承志河上。承志河由通湖桥流下来，向东汇入护城河，终年是有水的。承志桥是一座木桥。这座桥有点特别，上有瓦盖的顶，两边有“美人靠”——两条长板，板上设有有弧度的栏干，可以倚靠，故名“美人靠”。这座桥下雨天可以躲雨，夏天可以乘凉。靠在“美人靠”上看桥下河水，是一种享受。桥上时常有卖熟荸荠的担子，可以“抽牌九”的卖花生糖、芝麻糖的挑子。桥之北有一家木厂，沿河堆了很多杉木。放学的孩子喜欢在杉木梢头跳跃，于杉木的弹动起落中得到快乐。木厂之西，是杨家巷。承志桥以南一带也统称为承志桥。保卫团的团部在承志桥的东面。原本是一个祠堂。房屋很宽敞。西面三大间是办公室。后墙贴着总理遗像，像边是“革命尚未成功”，“同志仍须努力”。总理遗像下是一张大办公桌。南北两边靠墙立着枪架子，二十来枝汉阳造七九步枪整齐地站着。一边墙上有三枝“二膛盒子”。

鲍团长名崇岳，山东掖县人，行伍出身。十几岁就投了张宗昌的部队。张宗昌被打垮了，他在孙传芳的“联军”里干了几年。孙传芳下野，他参加了国民革命军——这一带人称之为“党军”，屡升为营长。行军时可以骑马，有一个勤务兵。

他很少谈军旅生活，有时和熟朋友，比如杨宜之，茶余酒后，也聊一点有趣的事。比如：在战壕里也是可以抽大烟的。用一个小茶壶，把壶盖用洋蜡烛油焊住，壶盖上有一个小孔，就可以安烟泡，茶壶嘴便是烟枪，点一个小蜡烛头，——是烟灯。也可以喝酒。不少班排长背包里有一个“酒馒头”。把馒头在高粱酒里泡透，晒干；再泡，再晒干。没酒的时候，掰两片，在凉水里化开，这便是酒。杨宜之问他，听说张宗昌队伍里也有军歌：

三国战将勇，
首推赵子龙。
长坂坡前逞啊英雄。
还有张翼德，
黑头大脑壳……

鲍团长哈哈大笑，说：“有！有！有！”

鲍崇岳怎么会到这个小县城来当一个保卫团长呢？他所在的那个团驻扎到这个县，在地方党政绅商的接风宴会上，意外地见到小时候一同读私塾的一个老同学，在县政府当秘书，他乡遇故，酒后畅谈。鲍崇岳表示，他对军队生活已经厌倦，希望找个地方清清静静地住下来，写写字。老同学说：“这好办，你来当保卫团长。”老同学找商会会长王蕴之一说，王蕴之欣然同意，说："薪金按团长待遇。只是对鲍营长来说，太屈尊了。"老同学说："他这人，我知道，无所谓。"

王蕴之为什么欢迎鲍崇岳来当保卫团长呢？一来，保卫团的兵一向吊儿郎当，需要有人来管束；更重要的是：有他来，可以省掉商会乃至县政府的许多麻烦。这个县在运河岸边，过往的军队很多。鲍崇岳在军队上的朋友很多，有的是旧同事，有的是换帖的把兄弟，有的是都在帮，都是安清门里的。鲍崇岳可以充当军队和地方的桥梁。过境或驻扎的军队要粮要草要供应，有鲍崇岳去拜望一下，叙叙旧，就可以少要一点。有点纠纷磨擦，鲍崇岳一张片子，就能大事化小。有鲍崇岳在，部队的营团长也不便纵任士兵胡作非为。鲍团长对保障地方的太平安静，实在起很大作用。因此，地方上的人对他很有好感，很尊敬。在这个小县城里，一个保卫团长也算是头面人物。

鲍团长的日子过得很潇洒，隔个三五天，他到团部来一次，泡一杯茶，翻翻这几天的新闻报、老申报，批几张报销条子，——所报的无非是擦枪油、棉丝、火伕买的芦柴、煤块、洋铁壶，到承志桥一带人家升起煮中饭的炊烟，就站起身来。值日班长喊了一声"立正"，他已经跨出保卫团部大门的麻石门槛。

鲍团长是个大块头，方肩膀，长方脸，方下巴。留一个一寸长短的平头，——当时这叫“陆军头”，很有军人风度，但是言谈举止温文尔雅。他是行伍出身，但在从军前读过几年私塾。塾师是个老秀才，能写北碑大字。鲍团长笔下通顺，函牍往来，不会闹笑话。受塾师影响，也爱写字。当地有人恭维他是“儒将”，鲍团长很谦虚地说：“儒将，不敢当，俺是个老粗”，但是对这样的恭维，在心里颇有几分得意。

鲍团长平常不穿军服。他有一身马裤呢的军装，只有在重要场合，总理诞辰纪念会，合县党政绅商欢迎省里下来视察工作的厅长或委员的盛会上，才穿一次。他平常穿便衣，“小打扮”，上身是短袄（钉了很大的扣子），下身扎腿长裤。县里人私下议论，说这跟他在红帮有关系。杨宜之问过他：“你是不是在红帮？”鲍崇岳不否认。杨宜之问：“听说红帮提画眉笼，两个在帮的‘盘道’，一个问‘画眉吃什么？’——‘吃肉’，立刻抽出一把攮子，卷起裤腿，三刀切出一块三角肉，扔给画眉，画眉接着，吧咋吧咋，就吃了，有没有这回事？”鲍崇岳说：“瞎说！”鲍团长到绅士大户人家应酬出客，穿长衫，还加一件马褂。

鲍团长在这个县呆了十多年，和县里的绅士都有人情来往，马家——马士杰家、王家——王蕴之家、杨家……每逢这几家有喜丧寿庆，他是必到的。事前也必送一个幛子或一副对子，幛子、对联上是他自己写的“石门铭”体的大字。一个武人，能写这样的字，使人惊奇。杨宜之说：“据我看，全县写‘石门铭’的，除了王荫之，要数你。什么时候王大太爷回来，你把你的字送给他看看。”

杨家是世家大族。杨宜之的父亲十九岁就中了进士，做过两任知府。杨家所住的巷子就叫杨家巷。杨家巷北头高，南头低，坡度很大，拉黄包车的从北头来，得直冲下来。杨家北面地势高，叫做“高台子”。由平地上高台子要过三十级砖阶。高台上一座大厅，很敞亮，是杨宜之宴客的地方。每回宴客，杨宜之都给鲍团长送去知单。鲍团长早早就到了。鲍团长是杨宜之的棋友。开席前后，大厅里有两桌麻将。别人打麻将，杨宜之和鲍崇岳在大厅西边一间小书房里下围棋。有时牌局三缺一，杨宜之只好去凑一角，鲍崇岳就一个人摆《桃花谱》，或是翻看杨宜之所藏的碑帖。

鲍团长家住在咸宁庵。从承志桥到咸宁庵，杨家巷是必经之路。有时离团部早，就顺脚跨进杨家的高门槛——杨家的门槛特别高，过去杨家有大事，就把门槛拆掉，好进轿子，找杨宜之闲谈一会。鲍崇岳的老伴薰了狗肉，鲍崇岳就给杨宜之带去一块，两个人小酌一回。——这地方一般人是不吃狗肉的。

近三个月来，鲍崇岳遇到三件不痛快的事。

第一件：

鲍崇岳早就把家眷搬来了。他有一儿一女，儿子叫鲍亚璜，女儿叫鲍亚琮。鲍亚璜、鲍亚琮和杨宜之的女儿杨淑媛从小同学，同一所小学，同一所初中。杨淑媛和鲍亚琮是同班好朋友。鲍亚璜比她们高一班。鲍亚琮常到杨淑媛家去，一同做功课，玩。杨淑媛也常到鲍亚琮家去。她们有什么算术题不会做，就问鲍亚璜。鲍亚璜初中毕业，考取了外地的高中，就要离开这个县了。一天，他给杨淑媛写了一封情书。这件事鲍崇岳不知道。他到杨宜之家去，杨宜之拿出这封信，说："写这样的信，他们都太早了一点。"鲍崇岳看了信，很生气，说："这小子，我回去要好好教训他一顿！"杨宜之说："小孩子的事，不必认真。"杨宜之话说得很含蓄，很委婉，但是鲍崇岳从杨宜之的微笑中读出了言外之意：鲍家和杨家门第悬殊太大了！鲍团长觉得受了侮辱。从此，杨淑媛不再到鲍家来。鲍崇岳也很少到杨家去了。杨家有事，不得已，去应酬一下，不坐席。

第二件：

本县湖西有一个纨袴浮浪子弟，乘抗日军兴之机，拉起一支队伍，和顾祝同、冷欣拉上关系，号称独立混成旅，在里下河一带活动。他的队伍开到县境，祸害本土，鱼肉乡民，敲诈勒索，无所不为。他行八，本地人都称之为"八舅太爷”。本地把蛮不讲理的叫做舅太爷。商会会长王蕴之把鲍团长请去，希望他利用军伍前辈的身份，找八舅太爷规劝规劝。鲍团长这天特意穿了军装，到八舅太爷的旅部求见。门岗接了鲍团长的名片，说“请稍候”。不大一会，门岗把原片拿出来，说：“旅长说：不见！”鲍崇岳一辈子没有碰过这样一鼻子灰，气得他一天没有吃饭。他这个老资格现在吃不开了。这么一点事都办不了，要他这个保卫团长干什么，他觉得愧对乡亲父老。

第三件：

本县有个大书法家王荫之，是商会会长王蕴之的长兄，合县人称之为大太爷。他写汉碑，专攻《石门铭》，他把《石门铭》和草书化在一起，创出一种“王荫之体”，书名满江南江北。鲍崇岳见过不少他的字，既遒劲，也妩媚，潇洒流畅，顾盼生姿，很佩服。他和无锡荣家是世交，常年住在无锡，荣家供养着他，梅园的不少联匾石刻都是他的手笔。他每年难得回本乡住一两个月。上个月，回乡来了。鲍崇岳拿了自己写的一卷字，托王蕴之转给大太爷看看，请大太爷指点指点。如果有缘识荆，亲聆教诲，尤为平生幸事。过了一个月，王荫之回无锡去了，把鲍崇岳的一卷字留给了王蕴之。鲍崇岳拆开一看，并无一字题识。鲍崇岳心里明白：王荫之看不起他的字。

鲍崇岳绕室徘徊，忽然意决，提笔给王蕴之写了一封信，请求辞去保卫团长。信送出后，他叫老伴摊几张煎饼，卷了大葱面酱，就着一碟酱狗肉，一包炒花生，喝了一斤高粱。既醉既饱，铺开一张六尺宣纸，写了一个大横幅，溶《石门铭》入行草，一笔到底，不少踟蹰[1]，书体略似王荫之：

田彼南山

荒秽不治[2]

种一顷豆

落而为萁

人生行乐耳

须富贵何时

写罢掷笔，用按钉按在壁上，反覆看了几遍，很得意。

一九九二年十一月二十二日

1　初刊本为“踟蹰”，初版本为“踌躇”。从初刊本。——编者注

2　鲍团长所书为西汉杨恽《报孙会宗书》中句，“荒秽不治”原文为“芜秽不治”。——编者注

黄开榜的一家

黄开榜不是本地人，他是山东人。原来是当兵的，开小差下来之后，在当地落住脚。

他没有固定的职业，年轻时吹喇叭。这是一种细长颈子的紫铜喇叭，长五六尺，只能吹一个音：嘟——。早年间迎亲、出殡都有两种东西，一是长颈喇叭，二是铁铳。花轿或棺柩前面是吹鼓手，吹鼓手的前面是喇叭，喇叭起了开路的作用。黄开榜年轻中气足，一口气可以吹得很长。这喇叭的声音很不好听，尖锐刺耳。后来就没有什么人家用了。铁铳也废了。太响了，震得人耳朵疼。

没有人找黄开榜吹喇叭了，他又干了一种新的营生，当“催租的”。有些中小地主，在乡下置了几亩地，租给人种，

---

* 初刊于《精品》一九九三年第十一期（创刊号），初收于《矮纸集》。

这些家业不大的地主，无权无势，有的佃户就欺负他们，租子拖欠不交。地主找黄开榜去催。黄开榜去了，大喊大叫，要吃要喝，赖着不走，有时甚至找个枕头睡在人家里。这家叫他罗嗦得受不了啦，就答应哪天交齐。黄开榜找村里的教书先生或庙里的和尚帮这家立个保单："立保单人某某某所欠某府名下租子若干准于某月日如数交清恐口无凭证立此保单是实。"黄开榜拉过佃户的右手，盖了一个手印，喝了一大碗米汤，走人。地主拿到保单，总得给黄开榜一点酒钱。

黄开榜还有一件拿不到钱，但是他很乐意去干的事，是参加"评理"。两家闹了纠纷，就约了街坊四邻、熟人朋友，到茶馆去评理，请大家说说公道话，分判是非曲直。评理的结果大都是调停劝解，大事化小，彼此不再记仇。两家评理，和黄开榜本不相干，谁也没有请他，他自己搬张凳子，一屁股就坐了下来，咋长六七，瞎掺和。他嗓门很大，说起话来唾沫星子乱喷，谁都离他远远的。他一面大声说话，一面大口吃包子。这地方吃茶都要吃包子，评理时尤不能缺。他一人能把一笼包子——十六个，全吃了。灌下半壶酽茶，走人。这十六个包子可以管他一天，晚饭只要喝一碗"采子粥"——碎米加剁碎了的青菜煮的粥，本地叫做"采子粥"。

他的老婆倒是本地人。据说年轻时很风流。她为什么跟了黄开榜呢？本地有个说法："要称心，嫁大兵。"这里所谓

“称心”指的是什么，本地人都心领神会。她后来上了岁数，看不出风流不风流，但身材还是匀称的，既不肥胖臃肿，也不骨瘦如柴，精精干干、利利索索。

她生过五个孩子。

头胎是个男孩。不知道为什么，孩子生下来，就送给一个姓薛的裁缝。头胎儿子就送了人，谁也不知道什么原因。这孩子姓了薛，从小跟薛裁缝学裁缝，现在已经很大了，能挣钱了。薛黄两家离得很近，薛家在螺蛳坝，黄家在越塘，几步就到了，但是两家不来往。这个姓了薛的裁缝从来没有来看过他的生身父母。

黄开榜的二儿子不知到哪里去了。也许在外面当兵，也许在大船上撑篙拉纤。也许已经死了。他扔下一个媳妇。这二媳妇是个圆盘脸，头发浓黑，梳了一个很大的“牛屎粑粑”头。她长得很肉感。越塘一带人的语言里没有“肉感”这个词儿，便是街面上的生意人也不会说这个词儿，只有看过美国电影的洋学生才用这个词儿。但这词儿用在她身上非常合适。越塘一带人有更放肆的说法。小曲里唱道：“白搌搌的奶子粉撮撮的腰”她无不具备。男人走了，她靠“挑箩把担”维持衣食。自从和毛三“靠”上了，就很少挑箩了。

毛三是个开青草行的。用一只船停在越塘岸边收购青草。姑娘小子割了青草卖给他，当时付钱。船上青草满了，就整船交[1]给乡下人。乡下人把青草和河泥拌匀，在东门外护城河边的空地上堆成一个一个长方形的墩子，用铁锹把表面拍实，让青草发酵。到第二年栽秧，这便是极好的肥料。夏天，天才蒙蒙亮，就听见毛三用极高极脆的声音拉长音吆喝："噢草来——"。"噢"是土音，意思是约分量。收草季节过了，他就做别的生意，收荸荠，收菱。因此他很有几个钱。

毛三的眼睛有毛病，迎风掉泪，眼边常是红红的，而且不住地眨巴。但是他很风流自在，留着一个中分头。他有个外号叫"斜公鸡"。公鸡"踩水"——就是欺负母鸡，在上母鸡身之前，都是耷下一只翅膀，斜着身子跑过来，然后纵身一跳，把母鸡压在下面。毛三见到女人，神气很像斜着身子的公鸡。

毛三靠了黄开榜的二媳妇，越塘无人不晓。大白天，毛三"噢"过草，就走进二媳妇的门。二媳是单过的，住西屋。——黄开榜一家住朝南的正屋。大概过了一个半小时，毛三开门出来，样子像是踩过水的公鸡，浑身轻松。二媳跟着出来，也像非常满足。毛三上茶馆吃茶，二媳拿着淘箩去买米。

黄开榜的三儿子是这家的顶门柱。他小名叫三子，越塘

---

1 初刊本为"交"，初版本为"卖"。从初刊本。——编者注

人都叫他三子。他是靠肩膀吃饭的。每天挑箩，他总能比别人多挑两担。他为人正气，越塘人都尊重他。他不吃烟，不喝酒，不赌钱，不打架。他长得一表人才，邻居都说他不像黄家人。但是他和越塘的姑娘媳妇从不勾勾搭搭，简直是目不斜视。越塘的姑娘愿意嫁给三子的很多，三子不为所动。三子为了多挣几个钱，常到离城稍远的五里坝、马棚湾这些地方去挑谷子，有时一去两三天。

黄开榜的四儿子是个哑吧。

最后生的是个女儿，是个麻子，都叫她“麻丫头”。

哑吧和麻丫头也都能挑箩了，挑半担，不用箩筐，用两个柳条编的笆斗。

这样，黄开榜家的日子还算能过得下去。饭自然吃得简单，红糙米饭，青菜汤。哑吧有时摸点泥鳅，捞点螺蛳。越塘有时有卖呛蟹的来，麻丫头就去买一碗。很小的螃蟹，有的地方叫蟛蜞，用盐腌过，很咸。这东西只是蟹壳没有什么肉，偶有一点蟹黄，只是嘬嘬味道而已，但是很下饭。

越塘的对面是一片菜园，更东去是荒地。黄开榜的老婆每年在荒地上种一片蚕豆。蚕豆嫩的时候摘了炒炒吃，到秋后，蚕豆老了，豆荚发黑了，就连豆秸拔下，从桥上拖过河来，——越塘有一道简易的桥，只是两根洋松木方子搭在两岸，把豆秸晒在丁裁缝门前的路上，让来往行人去踩，把豆荚踩破，豆粒脱出。干蚕豆本来准备过冬没菜时煮了吃的，不到过冬，就都叫麻丫头炒炒吃掉了。

越塘很多人家无隔宿之粮，黄开榜家常是吃了上顿计算下顿。平常日子总有点法子，到了连阴下雨，特别是冬天下大雪，挑箩把担家的真是揭不开锅了。逢到这种时候，黄开榜两口子就吵架，黄开榜用棍子打老婆——打的是枕头。吵架是吵给街坊四邻听的，告诉大家：我们家没有一颗米了。于是紧隔壁邻居丁裁缝就自己倒了一升米，又跟邻居“告”一点，给黄家送去，这才天下太平。丁裁缝是甲长，这种事情他得管。

黄开榜忽然异想天开，搞了一个新花样：下神。黄开榜家对面，有一家杨家香店的作坊。作坊接连两年着火，黄开榜说这是“狐火”，是胡大仙用尾巴在香面上蹭着的。他找了一堆断砖，在香店作坊墙外砌了一个小龛子，里面放一个瓦香炉。胡大仙附了他的体了，就乱蹦乱跳，乱喊乱叫起来，关云长、赵子龙、孙悟空、猪八戒、宋公明、张宗昌……胡说八道一气。居然有人相信他这胡大仙，给胡大仙上供：三个鸡蛋、一块豆腐。这供品够他喝二两酒。

三子从五里坝领回了一个新媳妇。他到五里坝挑稻子，这女孩子喜欢他，就跟来了。这是一个农民家的女儿，虽然和一个见了几次面的男人私奔（她是告诉过爹妈的），却是一个很朴素的女孩子。她宽肩长腿，大手大脚，非常健康。眼睛很大，看人的时候显得很纯净坦诚，不像城市贫民的女儿有点狡猾，有点淫荡。她力气很大，挑起担子和三子走得一样快。她认为自己选择了三子选对了；三子也觉得他真拣到了一个好老婆。新媳妇对越塘一带的风气看不惯。她看不惯老公爹装神弄鬼，也看不惯二嫂子偷人养汉。枕头上对三子说："这算怎么回事？这不像一户正经人家！"她和三子合计，找一块地方，盖三间草房，和他们分开，另过。三子同意。

黄开榜生病了。

越塘一带人，尤其是黄开榜一家，是很少生病的。生病，也不请医吃药。有点头疼脑热，跑肚拉稀，就到汪家去要几块霉糕。汪家老太太过年时蒸糕，总要留下一簸箩，让它长出霉斑，施给穷人，黄开榜的老婆在家里有人生病时就去要几块霉糕，煮汤喝下去，病就好了。霉糕治病，是何道理？后来发明了盘尼西林，医学界说霉糕其实就是盘尼西林。那么汪家老太太可称是盘尼西林的首先发明者。

黄开榜吃了霉糕汤，不见好。

一天大清早，黄家传出惊人的哭声：黄开榜死了。

丁裁缝拿了绿簿到街里店铺中给黄开榜化了一口薄皮材。又自己出钱，买了白布，让黄家人都戴了孝。

黄开榜的大儿子，已经姓薛的裁缝赶来给黄开榜磕了三个头，留下十块钱给他的亲生母亲，走了，没说一句话。

三子和三媳妇用两根桑木扁担把黄开榜的薄皮材从洋松木方的简易桥上抬过越塘，要埋到种蚕豆的荒地旁边。哑吧把那支紫铜长颈喇叭找出来，在棺材前使劲地吹：“嘟——”。

一九九三年五月二十八日

小 姨 娘

小姨娘章叔芳是我的继母的异母妹妹。她比我才大两岁。我们是同学，在同一所初中读书。她比我高一班。她读初三，我读初二。那年她十六岁，我十四。但是在家里我还是叫她小姨娘。

章家是乡下财主。他们原来在章家庄住。章家庄是一个很大的庄子。庄里有好几户靠田产致富的财主，章家在庄里是首户。后来外公在城里南门盖了一所房子，就搬到城里来了。章老头脾气很“藏”，除了几家至亲（也都是他那样的乡下财主），跟谁也不来往。他和城里的上代做过官，有功名的世家绅士不通庆吊。他说：“我不巴结他们！”地方上有关公益的事情，修桥铺路、施药、开粥厂……他一毛不拔，不

* 初刊于《小说家》一九九三年第六期，初收于《矮纸集》。

出一个钱。因此得了一个外号："章臭屎"。

章家的房子很朴实，没有什么亭台楼阁，但是很轩敞豁亮。砖瓦木料都是全新的。外公奉行朱柏庐治家格言："黎明即起，洒扫庭院[1]，要内外整洁。"他虽然不亲自洒扫，但要督促佣人。他的大厅上的箩底方砖上连一根草屑也没有。桌椅只是红木的（不是"海梅"、紫檀），但是每天抹拭，定期搽核桃油，光可鉴人。榫头稍有活动，立刻雇工修理。

章家没有花园，却有一座桑园，种的都是湖桑。又不养蚕，种那么多桑树干什么？大厅前面天井里的石条上却摆了十几盆橙子。橙子在我们那不多见。橙子结得很好，下雪天还黄橙橙的挂在枝头，叶子不落，碧绿的。

章家家规很严，我从来没有见过外公笑过。他们家的都不会喝酒。老头子生日、姑奶奶归宁，逢年过节，摆席请客，给客人预备高粱酒，——其实只有我父亲一个人喝，他们自己家的人只喝糯米做的甜酒。席上没有人划拳碰杯，宴后也没有人撒酒疯。家里不许赌钱。过年准许赌五天，但也限于掷骰子赶老羊，不许打麻将，更不许推牌九。在这个家里听不到有人大声说笑，说话声音都很低，整天都是静悄悄的。

章家人都很爱干净，勤理发，勤洗澡，勤换衣裳，什么

1 朱柏庐《治家格言》原文为"庭除"。——编者注

时候都是精神饱满，容光焕发。章家的人都长得很漂亮。二舅舅、三舅舅都可称为美男子。章老头只是一张圆圆的脸，身体很健壮，外婆也不见得太好看，生的儿女却都那么出众，有点奇怪。

我们初中有两个公认为最好看的女生。一个是胡增淑，一个是章叔芳。胡增淑长得很性感，她走路爱眯着眼，扭腰，袅袅婷婷，真是“烟视媚行”。她深知自己长得好看，从镜子面前经过，反光的玻璃面前，总要放慢脚步，看看自己。章叔芳和胡增淑是两种类型。她长得很挺直，头发剪得短短的，有点像男孩子。眼睛很大，很黑，闪烁有光。她听人说话都是平视。有时眨两下眼睛，表示“哦，是这样！”或“是吗？是这样吗？”她眉宇间有一股英气，甚至流露一点野性，但不细看是看不出来的，她给人的印象还是很文静，很秀雅的。

她不知为什么会爱上了宗毓琳。

宗毓琳和他的弟弟宗毓珂都和我同班。宗家原是这个县的人，宗毓琳的父亲后来到了上海，在法租界巡捕房当了“包打听”——低级的侦探。包打听都在青红帮，否则怎么在上海混？不知道为什么宗家要把两个儿子送回家乡来读初中，可能是为了可以省一点费用。

和章叔芳同班有一个同学叫王霈。王霈的父亲是个吟诗写字的名士，他盖的房子很雅致。进门是一个大花园，有一片竹子。王霈的父亲在竹丛当中盖了一个方厅——四方的厅，像一个有门有窗的大亭子。这本是王诗人宴客听雨的地方。近年诗人老去，雅兴渐减，就把方厅锁了起来，空着。宗家经人介绍，把方厅租了下来，宗家兄弟就住在方厅里。

宗家兄弟也只是初中生，不见得有特别处。他们是在上海长大的，说话有一点上海口音，但还是本地话，因为这位包打听的家里说的还是江北话。他们的言谈举止有点上海的洋气，不像本地学生那样土。衣著倒也是布料的，但是因为是宁波裁缝做的，式样较新。颜色也不只是竹布的、蓝布的，而是糙米色的、铁灰色的。宗毓珂的乒乓球打得很好，是全校的绝对冠军。宗毓琳会写散文小说，摹仿谢冰心、朱自清、张资平、郁达夫。这在我们那个初中里倒是从来没有的。我们只会写“作文”。我们的初中有一个《初中壁报》，是学生自治会办的。每期的壁报刊头都是我画的。《壁报》是这个初中的才子的园地，大家都要看的。宗毓琳每期都在《壁报》上发表作品（抄在稿纸上，贴在一块黑板上）。宗毓琳中等身材，相貌并不太出众，有点卷发，涂了“司丹康”，显得颇为英俊。

小姨娘就为这些爱了他？

小姨娘第一次到宗毓琳住的方厅，是为了去借书，——

宗毓琳有不少“新文学”的书。是由小舅舅章鹤鸣陪着去的。章鹤鸣和我同班、同岁。

第二次，是去还书。这天她和宗毓琳就发生了关系。章叔芳主动，她两下就脱了浑身衣服。两人都没有任何经验。他们的那点知识都是从《西厢记·佳期》、《红楼梦·贾宝玉初试云雨情》得来的。初试云雨，紧张慌乱。宗毓琳不停地发抖，浑身出汗。倒是章叔芳因为比宗毓琳大一岁，懂事较早，使宗毓琳渐渐安定，才能成事。从此以后，章叔芳三天两头就去宗毓琳住的方厅。少男少女，情色相当，哼哼唧唧，美妙非常。他们在屋里欢会的时候，章鹤鸣和宗毓珂就在竹丛中下象棋，给他们望风。他们的事有些同学知道了。因为王霈的同学常到王霈家去玩，怎么能会看不出蛛丝马迹？同学们见章鹤鸣和宗毓珂在外面下象棋，就知道章叔芳和宗毓琳在里面“画地图”——他们做了“坏事”，总会在被单上留下斑渍的。

没有不透风的墙。小姨娘的事终于传到外公的耳朵里。王霈的未婚妻童苓湘和章叔芳同班。童苓湘是我的大舅妈的表妹。童苓湘把章叔芳的事和表姐谈了。大舅妈不敢不告诉婆婆。外婆不敢不告诉外公。外公听了，暴跳如雷。他先把小舅舅鹤鸣叫来，着着实实打了二十界方，小舅舅什么都说了。

外公把小姨娘揪着耳朵拉到大厅上，叫她罚跪。

伤风败俗，丢人现眼……！

才十六岁……！

一个“包打听”的儿子……！

章老头抓起一个祖传的霁红大胆瓶，叭嚓一下，摔得粉碎。

全家上下，鸦雀无声。大舅舅的小女儿三三也都吓得趴在大舅妈的怀里不敢动。

小姨娘直挺挺地跪在大厅里，不哭，不流一滴眼泪，眼睛很黑，很大。

跪了一个多小时。

后来是二嫂子——我的二舅妈拉她起来，扶她到她的屋里。

二舅妈是丹阳人。丹阳是介乎江南和江北之间的地方。她是在上海商业专科学校和二舅舅恋爱，结了婚到本县来的。——我的外公对儿子的前途有他的独特的设想，不叫他们上大学，二舅、三舅都是读的商专。二舅妈是一个典型的古典美人，瓜子脸、一双凤眼，肩削而腰细。她因为和二舅舅热恋，不顾一切，离乡背井，嫁到一个苏北小县的地主家庭来，真是要有一点勇气。她嫁过来已经一年多，但是全家都还把她当做新娘子，当做客人，对她很客气。但是她很寂寞。她在本县没有亲戚，没有同学，也没有朋友，而且和章家人语言上也有隔阂，没有什么可以说说话的人。丈夫——我的二舅舅在县银行工作，早出晚归。只有二舅舅回来，她才有说有笑（他们说的是掺杂了上海话、丹阳话和本地话的混合语言）。二舅舅上班，二舅妈就只有看看小说，写写小字——临《灵飞经》。她爱吹箫，但是在这个空气严肃的家庭里——整天静悄悄的，吹箫，似乎不大合适，她带来的一枝从小吹惯的玉屏洞箫，就一直挂在壁上。她是寂寞的。但是这种寂寞又似乎是她所喜欢的。有时章叔芳到她屋里来，陪她谈谈。姑嫂二人，推心置腹，无话不谈。她是自由恋爱结婚的，对小姑子的行为是同情的，理解的，虽然也觉得她太年轻，过于任性。

二嫂子为什么敢于把章叔芳拉起来，扶到自己屋里？因为她知道公爹奈何不得，他不能冲到儿媳妇的屋里去。

章老头在外面跳脚大骂：

“你给我滚出去！滚！敢回来，我打断你的腿！”

老头气得搬了一把竹椅在桑园里一个人坐着，晚饭也不吃。

章叔芳拣了几件衣裳，打了个包袱往外走。外婆塞给她一包她攒下的私房钱，二舅妈把手上戴的一对金镯子抹下来给了她。全家送她。她给妈磕了一个头，对全家大小深深地鞠了三个躬，开了大门。门外已经雇好了一辆黄包车等着，她一脚跨上车，头也不回，走了。

第二天她和宗毓琳就买了船票，回上海。

到上海后给二嫂子来过一封信，以后就再没有消息。

初中的女同学都说章叔芳很大胆，很倔强，很浪漫主义。

过了两年，章老头生病死了，——亲戚们议论，说是叫章叔芳气死的，二哥写信叫她回来看看，说妈很想她。

她回来了，抱着一个孩子。

她对着父亲的灵柩磕了三个头。没哭。

她在娘家住了三个月，住的还是她以前住的房，睡的是她以前睡的床。

我再看见她时她抱了个一岁多的孩子在大厅里打麻将。章老头死后，章家开始打麻将了。二哥、大嫂子，还有一个表婶。她胖了。人还是很漂亮。穿得很时髦，但是有点俗气。看她抱着孩子很熟练地摸牌，很灵巧地把牌打出去，完全像一个包打听人家的媳妇。她的大胆、倔强、浪漫主义全都没有一点影子了。

章家人很精明，他们在新四军快要解放我们家乡的前一年，把全部田产都卖了，全家到南洋去做了生意。因此他们人没有受罪，家产没有损失。听说在南洋很发财。——二舅舅、三舅舅都是学的商业专科学校，懂得做生意。

他们是否把章叔芳也接到南洋去了呢？没听说。

胡增淑后来在南京读了师范，嫁了一个飞行员。飞行员摔死了，她成了寡妇。有同学在重庆见到她，打扮得花枝招展，还挺媚。后来不知怎么样了。

一九九三年七月九日

忧郁症

龚星北家的大门总是开着的。从门前过，随时可以看得见龚星北低着头，在天井里收拾他的花。天井靠里有几层石条，石条上摆着约三四十盆花。山茶、月季、含笑、素馨、剑兰。龚星北是望五十的人了，头发还没有白的，梳得一丝不乱。方脸，鼻梁比较高，说话的声气有点瓮。他用花剪修枝，用小铁铲松土，用喷壶浇水。他穿了一身纺绸裤褂，趿着鞋，神态消闲。

龚星北在本县算是中上等人家，有几片田产，日子原是过得很宽裕的。龚星北年轻时花天酒地，把家产几乎挥霍殆尽。

＊初刊于《小说家》一九九三年第六期，初收于北师大版《汪曾祺全集》第二卷。

他敢陪细如意子同桌打牌。

细如意子姓王，“细如意子”是他的小名。全城的人都称他为“细如意子”，没有多少人知道他的大名。他兼祧两房，到底有多少亩田，连他自己也不清楚。这是个荒唐透顶的膏粱子弟。他的嫖赌都出了格了。他曾经到上海当过一天皇帝。上海有一家超级的妓院，只要你舍得花钱，可以当一天皇帝：三宫六院。他打麻将都是“大二四”。没人愿意陪他打，他拉人入局，说“我跟你老小猴”，就是不管输赢，六成算他的，三成算是对方的。他有时竟能同时打两桌麻将。他自己打一桌，另一桌请一个人替他打，输赢都是他的。替他打的人只要在关键的时候，把要打的牌向他照了照，他点点头，就算数。他打过几副“名牌”。有一次他一副条子的清一色在手，听嵌三索。他自摸到一张三索，不胡，随手把一张幺鸡提出来毫不迟疑地打了出去。在他后面看牌的人一愣。转过一圈，上家打出一张幺鸡。“胡！”他算准了上家正在做一副筒子清一色，手里有一张幺鸡不敢打，看细如意子自己打出一张幺鸡，以为追他一张没问题，没想到他胡的就是自己打出去的牌。清一色平胡。清一色三番，平胡一番，四番牌。老麻将只是“平”（平胡）、“对”（对对胡）、“杠”（杠上开花）、“海”（海底捞月）、“抢”（抢杠胡）加番，嵌当、自摸都没有番。围看的人问细如意子：“你准知道上家手里有一张幺鸡？”细如意子说：“当然！打牌，就是胆大赢胆小！”

龚星北娶的是杨六房的大小姐。杨家是名门望族。这位大小姐真是位大小姐，什么事也不管，连房门也不大出，一天坐在屋里看《天雨花》、《再生缘》，喝西湖龙井，磕[1]苏州采芝斋的香草小瓜子。她吃的东西清淡而精致。拌荠菜、马兰头、申春阳的虾籽豆腐乳、东台的醉蛏鼻子、宁波的泥螺、冬笋炒鸡丝、砗螯[2]烧乌青菜。她对丈夫外面所为，从来不问。

前年她得了噎嗝。“风痨气臌嗝，阎王请的客”，这是不治之症。请医吃药，不知花了多少钱，拖了小半年，终于还是溘然长逝了。

龚星北卖了四十亩好田，买了一副上好的棺木，办了丧事。

丧事自有李虎臣帮助料理。

李虎臣是一个好管闲事的热心肠的人。亲戚家有红白喜事，他都要去帮忙。提调一切，有条有理，不须主人家烦心。

他还有个癖好，爱做媒。亲戚家及婚年龄的少男少

1 “磕”同“嗑”。——编者注

2 “砗螯”当为“车螯”。——编者注

女，他都很关心，对他们的年貌性格、生辰八字，全都了如指掌。

丧事办得很风光。细如意子送了僧、道、尼三棚经。杨家、龚家的亲戚都戴了孝，随柩出殡，从龚家出来，白花花的一片。路边看的人悄悄议论：“龚星北这回是尽其所有了。”

丧偶之后，龚星北收了心，很少出门，每天只是在天井里莳弄石条上的三四十盆花。山茶、月季、含笑、素馨。穿着纺绸裤褂，趿着鞋，意态消闲。

他玩过乐器，琵琶、三弦都能弹，尤其擅长吹笛。他吹的都是古牌子，是一个老笛师传的谱。上了岁数，不常吹，怕伤气。但是偶尔吹一两曲，笛风还是很圆劲。

龚星北有二儿一女。大儿子龚宗寅，在农民银行做事。二儿子龚宗亮，在上海念高中。女儿龚淑媛，正在读初中。

龚宗寅已经订婚。未婚妻裴云锦，是裴石坡的女儿。李虎臣做的媒。龚宗寅和裴云锦也在公共场合、亲戚家办生日做寿时见过，彼此印象很好。裴云锦的漂亮，在全城是出了名的。

裴云锦女子师范毕业后，没有出去做事。她得支撑裴家这个家。裴石坡可以说是“一介寒儒”。他是教育界的。曾经当过教育局的科长、县督学，做过两任小学校长。县里人提起裴石坡，都很敬重。他为人和气，正直，而且有学问。但是因为不善逢迎，没有后台，几次都被排挤了下来。赋闲在家，已经一年。这一年就靠一点很可怜的积蓄维持着。除了每天两粥一饭，青菜萝卜，裴石坡还要顾及体面，有一些应酬。亲友家有红白喜事，总得封一块钱“贺仪”、“奠仪”，到人家尽到礼数。裴云锦有两个弟弟，裴云章、裴云文，都在读初中，云章读初三，云文读初二。他们都没有读大学的志愿。云章毕业后准备到南京考政法学校，云文准备到镇江考师范。这两个学校都是不要交费的。但是要给他们预备路费、置办行装，这得一笔钱。裴家的值一点钱的古董字画，都已经变卖得差不多了，上哪儿去弄这笔钱去？大姐云锦天天为这事发愁。裴石坡拿出一件七成新的滩羊皮袍，叫云锦去当了。云锦接过皮袍，眼泪滴了下来。裴石坡说：“不要难过。等我找到事，有了钱，再赎回来。反正我现在也不穿它。”

龚家希望裴云锦早点嫁过来。龚星北请李虎臣到裴家去说说。裴石坡通情达理，说一家没有个女人，不是个事，请李虎臣择定个日子。

裴云锦把姑妈接来，好帮着洗洗衣裳，做做饭。

裴云锦换了一身衣裳：水红色的缎子旗袍，白缎子鞋，鞋头绣了几瓣秋海棠。这是几年前就预备下的。云锦几次要卖掉，裴石坡坚决不同意，说："裴石坡再穷，也不能让女儿卖她的嫁衣！"龚宗寅雇了两辆黄包车，龚宗寅、裴云锦各坐一辆，裴云锦嫁到龚家了。

龚家没有大办，只摆了两桌酒席，男宾女宾各一席。

裴云锦拜见了龚家的长辈，斟了酒。裴云锦是个林黛玉型的美人，瓜子脸，尖尖的下巴，眉清目秀，唇红齿白。穿了这一身嫁衣，更显得光采照人。一个老姑奶奶攥着云锦的手，上上下下端详了半天，连声说："不丑不丑！真标致！真是水葱也似的！宗寅啊，你小子有造化！可得好好待她，别委屈了人家姑娘！姑娘，他若是亏待了你，你来找我，我给你出气！"老姑奶奶在龚家很有权威性，谁都得听她的。她说一句，龚宗寅连忙答应："嗳！嗳！嗳！"逗得一桌子大笑，连裴云锦也忍不住抿嘴笑了。

新婚燕尔，小两口十分恩爱。

进门就当家。三朝回门过后，裴云锦就想摸摸龚家究竟还有多少家底，好考虑怎么当这个家。检点了一下放田契房契的匣子。只有两张田契了，加在一起不到四十亩。有两张房契，一所是身底下住着的，一所是租给同康泰布店的铺面。看看婆婆的首饰箱子，有一对水碧的镯子，一只蓝宝石戒指，一只石榴米红宝石的戒指。这是万万动不得的。四口大皮箱里是婆婆生前穿过的衣裳，倒都是"慕本缎"的。但是“陈丝如烂草”，变不出什么钱来。裴云锦吃了一惊：原来龚家只剩下一个空架子，每月的生活只是靠宗寅的三十五块钱的薪水在维持着。

同康泰交的房钱够买米打油，但是龚家人大手大脚惯了，每餐饭总还要见点荤腥。公公每天还要喝四两酒，得时常给他炒一盘腰花，或一盘鳝鱼。

老大宗寅生活很简朴，老二宗亮可不一样。他在上海读启明中学。启明中学是一所私立中学，收费很贵，入学的都是少爷小姐（这所中学入学可以不经过考试，只要交费就行）。宗亮的穿戴不能过于寒碜，他得穿毛料的制服，单底尖头皮鞋。还要有些交际，请同学吃吃南翔馒头，乔家栅的点心。

小姑子龚淑媛初中没有毕业，就做了事，在电话局当接线生。这个电话局是私人办的。龚淑媛靠了李虎臣的面子才谋到这个工作。薪水很低，一个月才十六块钱。电话局很小，全县城也没有几部电话，工作倒是很清闲。但是龚淑媛心里很不痛快。她的同班同学都到外地读了高中，将来还会上大学的，她却当了个小小的接线生，她很自卑，整天耷拉着脸。她和大嫂的感情也不好。她觉得她落到这一步，好像裴云锦要负责。她怀疑裴云锦“贴娘家”。

“贴娘家”也是有之的。逢年过节，裴家实在过不去的时候，龚宗寅就会拿出十块、八块钱来，叫裴云锦偷偷地塞给姑妈，好让裴石坡家混过一段。裴云锦不肯，龚宗寅说："送去吧，这不是讲面子的时候！"

龚家到了实在困难的时候，就只有变卖之一途。裴云锦把一些用不着的旧锡器、旧铜器搜出来，把收旧货的叫进门，作价卖了。她把一副郑板桥的对子，一幅边寿民的芦雁交给李虎臣卖给了季匋民。这样对对付付的过日子，本地话叫做"折皱"。

又要照顾一个穷困的娘家，又要维持一个没落的婆家，两副担子压在肩膀上，裴云锦那么单薄的身子，怎么承受得住？

嫁过来已经三年，裴云锦没有怀孕，她深深觉得对不起龚家。

裴云锦疯了！有人说她疯了，有人说她得了精神病，其实只是严重的忧郁症。她一天不说话，只是搬了一张椅子坐在房门口，木然地看着檐前的日影或雨滴。

龚宗寅下班回来，看见裴云锦没有坐在门口，进屋一看，她在床头栏杆上吊死了。解了下来，已经气绝多时。龚宗寅大喊："我对不起你！对不起你呀！这些年你没有过过一天松心的日子呀！"裴石坡闻讯赶来，抚尸痛哭："是我拖累了你，是我这个无用的老子拖累了你！"

裴云锦舌尖微露，面目如生。上吊之前还淡淡抹了一点脂粉。她穿着那身水红色缎子旗袍，脚下是那双绣几瓣秋海棠的白缎子鞋。

龚星北作主，把那只蓝宝石戒指卖了，买了一口棺材。不要再换衣服，就用身上的那身装殓了。这身衣服，她一生只穿过两次。

龚星北把天井里的山茶、月季、含笑、素馨的花头都剪了下来，撒在裴云锦的身上。

年轻暴死，不好在家停灵，第二天就送到龚家祖坟埋葬了。

送葬的有龚星北、龚宗寅、龚淑媛，——龚宗亮没有赶回来；裴石坡、裴云章、裴云文、李虎臣；还有裴云锦的几个在女子师范时的要好的同学。无鼓乐、无鞭炮，冷冷清清，但是哀思绵绵，路旁观者，无不泪下。

送葬回来，龚星北看看天井里剪掉花头的空枝，取下笛子，在笛胆里注了一点水，笛膜上蘸了一点唾沫，贴了一张“水膏药”，试了试笛声，高吹了一首曲子，曲名《庄周梦》。

一九九三年七月十七日

仁　慧

仁慧是观音庵的当家尼姑。观音庵是一座不大的庵。尼姑庵都是小小的。当初建庵的时候，我的祖母曾经捐助过一笔钱，这个庵有点像我们家的家庵。我还是这个庵的寄名徒弟。我小时候是个“惯宝宝”，我的母亲盼我能长命百岁，在几个和尚庙、道士观、尼姑庵里寄了名。这些庙里、观里、庵里的方丈、老道、住持就成了我的干爹。我的观音庵的干爹我已经记不得她的法名，我的祖母叫她二师父，我也跟着叫她二师父。尼姑则叫她“二老爷”。尼姑是女的，怎么能当人家的“干爹”？为什么尼姑之间又互相称呼为“老爷”？我都觉得很奇怪。好像女人出了家，性别就变了。

二师父是个面色微黄的胖胖的中年尼姑，是个很忠厚的

---

* 初刊于《小说家》一九九三年第六期，初收于《矮纸集》。

人，一天只是潜心念佛，对庵里的事不大过问。在她当家的这几年，弄得庵里佛事稀少，香火冷落，房屋漏雨，院子里长满了荒草，一片败落景象。庵里的尼姑背后管她叫“二无用”。

二无用也知道自己无用，就退居下来，由仁慧来当家。

仁慧是个能干人。

二师父大门不出，仁慧对施主家走动很勤。谁家老太太生日，她要去拜寿。谁家小少爷满月，她去送长命锁。每到年下，她就会带一个小尼姑，提了食盒，用小磁坛装了四色咸菜给我的祖母送去。别的施主家想来也是如此。观音庵的咸菜非常好吃，是风过了再腌的，吃起来不是苦咸苦咸，带点甜味。祖母收了咸菜，道一声：“叫你费心。”随即取十块钱放在食盒里。仁慧再三推辞，祖母说：“就算是这一年的灯油钱。”

仁慧到年底，用咸菜总能换了百十块钱。

她请瓦匠来检了漏，请木匠修理了窗槅。窗槅上尘土堆积的槅扇纸全都撕下来，换了新的。而且把庵里的全部亮槅都打开，说：“干嘛弄得这样暗无天日！”院子里的杂草全锄了，养了四大缸荷花。正殿前种了两棵玉兰。她说：“施主到庵堂寺庙，图个幽静。荒荒凉凉的，连个坐坐的地方都没有，谁还愿意来烧香拜佛？”

我的祖母隔一阵就要到观音庵看看。她的散生日都是在观音庵过的。每一次都是由我陪她去。

祖母和二师父在她的禅房里说话，仁慧在办斋，我就到处乱钻。我很喜欢到仁慧的房里去玩，翻翻她的经卷，摸摸乌斯藏铜佛，掐掐她的佛珠，取下马尾拂尘挥两下。我很喜欢她的房里的气味。不是檀香，不是花香，我终于肯定，这是仁慧肉体的香味。我问仁慧："你是不是生来就有淡淡的香味？"仁慧用手指点了一下我的额头，说："你坏！"

祖母的散生日总要在观音庵吃一顿素斋。素斋最好吃的是香蕈饺子。香蕈（即冬菇）汤；荠菜、香干末作馅，包成薄皮小饺子，油炸透酥，倾入滚开的香蕈汤，嗤啦有声，以勺舀食，香美无比。

仁慧募化到一笔重款，把正殿修缮油漆了一下，焕然一新，给三世佛重新装了金。在正殿对面盖了一个高敞的过厅。正殿完工，菩萨"开光"之日，请赞助施主都来参与盛典。这一天观音庵气象庄严，香烟缭绕，花木灼灼，佛日增辉。施主们全都盛妆而来，长裙曳地。礼赞拜佛之后，在过厅里设了四桌素筵。素鸡、素鸭、素鱼、素火腿……使这些吃长斋的施主们最不能忘的是香蕈饺子。她们吃了之后，把仁慧叫来，问："这是怎么做的？怎么这么鲜？没有放虾籽么？"仁慧忙答："不能不能，怎能放虾籽呢！就是香蕈！——黄豆芽吊的汤。”

观音庵的素斋于是出了名。

于是就有人来找仁慧商量，请她办几桌素席。仁慧说可以，但要三天前预订，因为竹荪、玉兰片、猴头，都要事先发好。来赴斋的有女施主，也有男性的居士。也可以用酒，但限于木瓜酒、豨莶酒这样的淡酒，不预备烧酒。

二师父对仁慧这样的做法很不以为然，说：“这叫做什么？观音庵是清静佛地，现在成了一个素菜馆！”但是合庵尼僧都支持她。赴斋的人多，收入的香钱就多，大家都能沾惠。佛前“乐助”的钱柜里的香钱，一个月一结，仁慧都是按比例分给大家的。至少，办斋的日子她们也能吃点有滋味的东西，不是每天白水煮豆腐。

尤其使二师父不能容忍的，是仁慧学会了放焰口。放焰口本是和尚的事，从来没有尼姑放焰口的。仁慧想：一天老是敲木鱼念那几本经有什么意思？为什么尼姑就不能放焰口？哪本戒律里有过这样的规定？她要学！善因寺常做水陆道场，她去看了几次，大体能够记住。她去请教了善因寺的方丈铁桥。这铁桥是个风流和尚，听说一个尼姑想学放焰口，很惊奇，就一字一句地教了她。她对经卷、唱腔、仪注都了然在心了，就找了本庵几个聪明尼姑和别的庵里的也不大守本分的年轻尼姑，学起放焰口来。起初只是在本庵演习，在正殿上摆开桌子凳子唱诵。咳，还真像那么回事。尼姑放焰口，这是新鲜事。于是招来一些善男信女、浮浪子弟参观。你别说，这十几个尼姑的声音真是又甜又脆，比起和尚的癞猫嗓子要好听得多。仁慧正座，穿金蓝[1]大红袈裟，戴八瓣莲花毗卢帽，两边两条杏黄飘带，美极了！于是渐渐有人家请仁慧等一班尼姑去放焰口，不再有人议论。

观音庵气象兴旺，生机蓬勃。

解放。

土改。

土改工作队没收了观音庵的田产，征用了观音庵的房屋。

观音庵的尼姑大部分还了俗，有的嫁了人。

有的尼姑劝仁慧还俗。

“还俗？嫁人？”

仁慧摇头。

她离开了本地，云游四方，行踪不定。西湖住几天，邓尉住几天，峨嵋住几天，九华山住几天。

有许多关于仁慧的谣言。说无锡惠山一个捏泥人的，偷偷捏了一个仁慧的像，放在玻璃橱里，一尺来高，是裸体的。说仁慧有情人，生过私孩子……

1 “蓝”疑为“襕”。——编者注

有些谣言仁慧也听到了，一笑置之。

仁慧后来在镇江北固山开了一家菜根香素菜馆，卖素菜、素面、素包子，生意很好。菜根香的名菜是香蕈饺子。

菜根香站稳了脚，仁慧把它交给别人经管，她又去云游四方。西湖住几天，邓尉住几天，峨嵋住几天，九华山住几天。

仁慧六十开外了，望之如四十许人。

一九九三年七月二十一日

露 水

露水好大。小轮船的跳板湿了。

小轮船靠在御码头。

这条轮船航行在运河上已经有几年，是高邮到扬州的主要交通工具。单日由高邮开扬州，双日返回高邮。轮船有三层，底层有几间房舱，坐的是县政府的科长，县党部的委员，杨家、马家等几家阔人家出外就学的少爷小姐，考察河工的水利厅的工程师。房舱贵，平常坐不满。中层是统舱。坐统舱的多是生意买卖人，布店、药店、南货店的二掌柜，给学校采购图书仪器的中学教员……给茶房一点钱，可以租用一张帆布躺椅。上层叫“烟篷”，四边无遮挡，风、雨都可以吹进来。坐“烟篷”的大都自己带一块油布，或躺或坐。

* 初刊于《十月》一九九三年第六期，初收于《矮纸集》。

“烟篷”乘客，三教九流。带着锯子凿子的木匠，挑着锡匠挑子的锡匠，牵着猴子耍猴的，细批流年的江湖术士，吹糖人的，到缫丝厂去缫丝的乡下女人，甚至有“关亡”的、“圆光”的、挑牙虫的。

客人陆续上船，就来了许多卖吃食的。卖牛肉高粱酒的，卖五香茶叶蛋的，卖凉粉的，卖界首茶干的，卖“洋糖百合”的，卖炒花生的。他们从统舱到烟篷来回窜，高声叫卖。

轮船拉了一声汽笛，催送客的上岸，卖小吃的离船。不过都知道开船还有一会。做小生意的还是抓紧时间照做，不过把价钱都减下来了一些。两位喝酒的老江湖照样从从容容喝酒，把酒喝干了，才把豆绿酒碗还给卖牛肉高粱酒的。

轮船拉了第二声汽笛，这是真要开了。于是送客的上岸，做小生意的匆匆忙忙，三步两步跨过跳板。

正在快抽起跳板的时候，有两个人逆着人流，抢到船上。这是两个卖唱的，一男一女。

男的是个细高条，高鼻、长脸，微微驼背，穿一件退色[1]的蓝布长衫，浑身带点江湖气，但不讨厌。

女的面黑微麻，穿青布衣裤。

1　初版本改为“褪色”。从初刊本。——编者注男的是唱扬州小曲的。

他从一个蓝布小包里取出一个细磁蓝边的七寸盘，一双刮得很光滑的竹筷。他用右手持磁盘，食指中指捏着竹筷，摇动竹筷，发出清脆的、连续不断的响声；左手持另一只筷子，时时击盘边为节。他的一只磁盘，两只竹筷，奏出或紧或慢、或强或弱的繁复的碎响，真是“大珠小珠落玉盘”。

姐在房中头梳手，
忽听门外人咬狗。
拾起狗来打砖头，
又怕砖头咬了手。
从来不说颠倒话，
满天凉月一颗星。

“哪位说了：你这都是淡话！说得不错。人生在世，不过是几句淡话罢了。等人、钓鱼、坐轮船，这是‘三大慢’。不错。坐一天船，难免气闷无聊。等学生给诸位唱几段小曲，解解闷，醒醒脾，冲冲瞌睡！”

他用磁盘竹筷奏了一段更加紧凑的牌子，清了清嗓子，唱道：

一把扇子七寸长，
一个人扇风二人凉。
松呀，嘣呀。

呀呀子沁，

月照花墙。

手扶栏杆口叹一声，

鸳鸯枕上劝劝有情人呀。

一路鲜花休要采吔，

干哥哥，

奴是你的知心着意人哪！

这是短的，他还有些比较长的，《小尼姑下山》、《妓女悲秋》。他的拿手，是《十八摸》，但是除非有人点，一般是不唱的。他有一个经摺子，上列他能唱的小曲，可以由客人点唱。一唱《十八摸》，客人就兴奋起来。统舱的客人也都挤到“烟篷”里来听。

唱了七八段，托着磁盘收钱。给一个铜板、两个铜板，不等。加上点唱的钱，他能弄到五六、七八角钱。

他唱完了，女的唱：

你把那冤枉事对我来讲，

一桩桩一件件，

桩桩件件对小妹细说端详。

最可叹你死在那麦田以内，

高堂哭坏二老爹娘……

这是《枪毙阎瑞生·莲英惊梦》的一段。枪毙阎瑞生是上海实事。莲英是有名的妓女，阎瑞生是她的熟客。阎瑞生把莲英骗到郊外，在麦田里勒死了她，劫去她手上戴的钻戒。案发，阎瑞生被枪毙。这案子在上海很轰动，有人编成了戏。这是时装戏。饰莲英的结拜小妹的是红极一时的女老生露兰春。这出戏唱红了，灌了唱片，由上海一直传到里下河。几乎凡有留声机的人家都有这张唱片，大人孩子都会唱"你把那冤枉事"。这个女的声音沙哑，不像露兰春那样响堂挂味。她唱的时候没有人听，唱完了也没有多少人给钱。这个女人每次都唱这一段，好像也只会这一段。

唱了一回，客人要休息，他们也随便找个旮旯蹲蹲。

到了邵伯，有些客人下船，新上一批客人，等客人把包袱行李安顿好了，他们又唱一回。

到了扬州，吃一碗虾籽酱油汤面，两个烧饼，在城外小客栈的硬板床上喂一夜臭虫，第二天清早蹚着露水，赶原班轮船回高邮，船上还是卖唱。

扬州到高邮是下水，船快，五点多钟就靠岸了。

这两个卖唱的各自回家。

他们也还有自己的家。

他们的家是"芦席棚子"。芦笆为墙，上糊湿泥。棚顶也以"钢芦柴"（一种粗如细竹、极其坚韧的芦苇）为椽，上覆茅草。这实际上是一个窝棚，必须爬着进，爬着出。但是据说除了大雪天，冬暖夏凉。御码头下边，空地很多，这样的“芦席棚子”是不少的。棚里住的是叉鱼的、照蟹的、捞鸡头米的、串糖球（即北京所说的“冰糖葫芦”）的、煮牛杂碎的……

到家之后，头一件事是煮饭。女的永远是糙米饭、青菜汤。男的常煮几条小鱼（运河旁边的小鱼比青菜还便宜），炒一盘咸螺蛳，还要喝二两稗子酒。稗子酒有点苦味，上头，是最便宜的酒。不知道糟房怎么能收到那么多稗子做酒，一亩田才有多少稗子？

吃完晚饭，他们常在河堤上坐坐，看看星，看看水，看看夜渔的船上的灯，听听下雨一样的虫声，七搭八搭地闲聊天。

渐渐的，他们知道了彼此的身世。

男的原来开一个小杂货店，就在御码头下面不远，日子满过得去。他好赌，每天晚上在火神庙推牌九，把一间杂货店输得精光。老婆也跟了别人，他没脸在街里住，就用一个盘子、两根筷子上船混饭吃。

女的原是一个下河草台班子里唱戏的。草台班子无所谓头牌二牌，派什么唱什么。后来草台班子散了，唱戏的各奔东西。她无处投奔就到船上来卖唱。

“你有过丈夫没有？”

“有过。喝醉了酒栽在大河里，淹死了。”

“生过孩子没有？”

“出天花死了。”

“命苦！……你这么一个人干唱，有谁要听？你买把胡琴，自拉自唱。”

“我不会拉。”

“不会拉……这么着吧，我给你拉。”

“你会拉胡琴？”

“不会拉还到不了这个地步。泰山不是堆的，牛 × 不是吹的。你别把土地爷不当神仙。告诉你说，横的、竖的、吹的、拉的，我都拿得起来。十八般武艺件件精通，——件件稀松。不过给你拉‘你把那冤枉事’，还是富富有余！”

“你这是真话？”

“哄你叫我掉到大河里喂王八！”

第二天，他们到扬州辕门桥乐器店买了一把胡琴。男的用手指头弹弹蛇皮，弹弹胡琴筒子，担子，拧拧轸子，撅撅弓子，说：“就是它！”买胡琴的钱是男的付的。

第二天回家。男的在胡琴上滴了松香，安了琴码，定了弦，拉了一段西皮，一段二黄，说：“声音不错！——来吧！”男的拉完了原板过门，女的顿开嗓子唱了一段《莲英惊梦》，引得芦席棚里邻居都来听，有人叫好。

从此，因为有胡琴伴奏，听女的唱的客人就多起来。

男的问女的：“你就会这一段？”

“你真是隔着门缝看人！我还会别的。”

“都是什么？”

“《卖马》、《斩黄袍》……”

“够了！以后你轮换着唱。”

于是除了《莲英惊梦》，她还唱“店主东，带过了，黄骠马……”，“孤王酒醉桃花宫”。当时刘鸿声大红，里下河一带很多人爱唱《斩黄袍》。唱完了，给钱的人渐渐多起来。

男的进一步给女的出主意。

“你有小嗓没有？”

“有一点。”

“你可以一个人唱唱生旦对儿戏：《武家坡》、《汾河湾》……”

最后女的竟能一个人唱一场《二进宫》。

男的每天给她吊嗓子，她的嗓子“出来”了，高亮打远，有味。

这样女的在运河轮船上红起来了。她得的钱竟比唱扬州小曲的男的还多。

他们在一起过了一个月。

男的得了绞肠痧，折腾一夜，死了。

女的给他刨了一个坟，把男的葬了。她给他戴了孝，在坟头烧钱化纸。

她一张一张地烧纸钱。

她把剩下的纸钱全部投进火里。

火苗冒得老高。

她把那把胡琴丢进火里。

首先发出爆裂的声音的是蛇皮，接着毕卜一声炸开的是琴筒，然后是担子，最后轸子也烧着了。

女的拍着坟土，大哭起来：

“我和你是露水夫妻，原也不想一篙子扎到底。可你就这么走了！

“就这么走了！

“就这么走了！

“你走得太快了！

“太快了！

“太快了！

“你是个好人！

“你是个好人！

“你是个好人哪！”

她放开声音号啕大哭，直哭得天昏地暗，树上的乌鸦都惊飞了。

第二天，她还是在轮船上卖唱，唱“你把那冤枉事对我来讲……”

露水好大。

一九九三年七月三十一日

卖眼镜的宝应人

他是个卖眼镜的，宝应人，姓王。大家不知道怎么称呼他才合适。叫他“王先生”高抬了他，虽然他一年四季总是穿着长衫，而且整齐干净。(他认为生意人必要“擦干掸净”，才显得有精神，得人缘，特别是脚下的一双鞋，千万不能邋遢：“脚底无鞋穷半截”。) 叫他老王，又似有点小瞧了他。不知是哪一位开了头，叫他“王宝应”。于是就叫开了。背后，当面都这么叫。以至王宝应也觉得自己本来就叫王宝应。

他是个跑江湖做生意的，不老在一个地方。“行商坐贾”，他算是“行商”。他所走的是运河沿线的一些地方，南自仪征、仙女庙、邵伯、高邮，他的家乡宝应，淮安，北至

* 初刊于《中国作家》一九九四年第二期，初收于《矮纸集》。

清江浦。有时也岔到兴化、泰州、东台。每年在高邮停留的时间较长，因为人熟，生意好做。

卖眼镜的撑不起一个铺面，也没有摆摊的，他走着卖，——卖眼镜也没有吆喝的。他左手半捧半托着一个木头匣子，匣子一底一盖，后面用尖麻钉卡着有合页连着。匣子平常总是揭开的。匣盖子里面二三十副眼镜：平光镜、近视镜、老花镜、养目镜。这么个小本买卖没有什么验目配光的设备，有人买，挑几副试试，能看清楚报上的字就行。匣底是一些杂七杂八的东西，可以说是小古董：玛瑙烟袋嘴、"帽正"的方块小玉、水钻耳环、发蓝点翠银簪子、风藤镯，甚至有装鸦片烟膏的小银盒……这些东西不知他是从什么地方寻摸来的。

他寄住在大淖一家人家。一清早，就托着他的眼镜匣奔南门外琵琶闸，在小轮船开船前，在"烟篷"、"统舱"里转一圈。稍后，几家茶馆，五柳园、小蓬莱、新大陆都上了客，他就到茶馆里转一圈。哪里人多，热闹，都可以看到他的踪迹：王四海耍"大把戏"的场子外面、唱"大戏"的庙台子下面、放戒的善因寺山门旁边，甚至枪毙人（当地叫做"铳人"）的刑场附近，他都去。他说他每天走的路不下三四十里。"人为财死，鸟为食亡，天生的劳碌命！"

王宝应也不能从早走到晚，他得有几个熟识的店铺歇歇脚：李馥馨茶叶店、大吉陞油面（茶食）店、同康泰布店、王万丰酱园……最后，日落黄昏，到保全堂药店。他到这些店铺，和“头柜”、“二柜”、“相公”（学生意的）都点点头，就自己找一个茶碗，从“茶壶捂[1]子”里倒一杯大叶苦茶，在店堂找一张椅子坐下。有时他也在店堂里用饭：两个插酥芝麻烧饼。

他把木匣放在店堂方桌上，有生意做生意，没有生意时和店里的“同事”、无事的闲人谈天说地，道古论今。他久闯江湖，见多识广，大家也愿意听他“白话”。听他白话的人大都半信半疑，以为是道听途说。——他书读得不多，路走得不少，可不只能是“道听途说”么？

他说沭阳陈生泰（这是苏北人都知道的一个特大财主）家有一座羊脂玉观音。这座观音一尺多高，“通体无瑕”。难得的是龙女的一抹红嘴唇、善才童子的红肚兜，都是天生的。——当初“相”这块玉的师傅怎么就能透过玉胚子看出这两块红，“碾”得又那么准？这是千载难逢，是块宝。有一个大盗，想盗这座观音，在陈生泰家瓦垅里伏了三个月。可是每天夜里只见下面一夜都是灯笼火把，人来人往，不敢下手。灯笼火把，人来人往，其实并没有，这是神灵呵护。凡宝物，必有神护，没福的，取不到手。

1 “捂”疑为“焐”。——编者注

他说“十八鹤来堂夏家”有一朵云。云在一块水晶里。平常看不见。一到天阴下雨，云就生出来，盘旋袅绕。天晴了，云又渐渐消失。“十八鹤来堂”据说是堂建成时有十八只白鹤飞来，这也许是可能的。鹤来堂有没有一朵云，就很难说了。但是高邮人非常愿意夏家有一朵云——这多美呀，没有人说王宝应是瞎说。

他说从前泰山庙正殿的屋顶上，冬天，不管下多大的雪，不积雪。什么缘故？原来正殿下面有一个很大的獾子洞，跟正殿的屋顶一样大。獾子用自己的毛擀成一块大毯子，——“獾毯”。“獾毯”热气上升，雪不到屋顶就化了。有人问这块“獾毯”后来到哪里了，王宝应说：被一个“江西憋宝回子”盗走了，——现在下大雪的时候泰山庙正殿上照样积雪。

除了这些稀世之宝，王宝应最爱白话的是各地的吃食。

他说淮安南阁楼陈聋子的麻油馓子风一吹能飘起来。

他说中国各地都有烧饼，各有特色，大小、形状、味道，各不相同。如皋的黄桥烧饼、常州的麻糕、镇江的蟹壳黄，味道都很好。但是他宁可吃高邮的“火镰子”，实惠！两个，就饱了。

他说东台冯六吉——大名士，在年羹尧家当西宾——坐馆。每天的饭菜倒也平常，只是做得讲究。每天必有一碗豆腐脑。冯六吉岁数大了，辞馆回乡。他想吃豆腐脑。家里人想：这还不容易！到街上买了一碗。冯六吉尝了一勺，说："不对！不是这个味道！"街上买来的豆腐脑怎么能跟年羹尧家的比呢？年羹尧家的豆腐脑是鲫鱼脑做的！

他的白话都只是"噱子"，目的是招人，好推销他的货。他把他卖的东西吹得神乎其神。

他说他卖的风藤镯是广西十万大山出的，专治多年风湿，筋骨酸疼。

他说他卖的养目镜是真正茶晶，有"棉"，不是玻璃的。真茶晶有"棉"，假的没有。戴了这副眼镜，会觉得窨凉窨凉。赤红火眼，三天可愈。

他不知从哪里收到一把清朝大帽的红缨，说是猩猩血染的，五劳七伤，咯血见红，剪两根煎水，热黄酒服下，可以立止。

有一次他拿来一个浅黄色的烟嘴，说是蜜蜡的。他要了一张白纸，剪成米粒大一小块一小块，把烟嘴在袖口上磨几下，往纸屑上一放，纸屑就被吸起来了。"看！不是蜜蜡，能吸得起来么？"

蜜蜡烟嘴被保全堂的二老板买下了。二老板要买，王宝应没敢多要钱。

二老板每次到保全堂来，就在账桌后面一坐，取出蜜蜡烟嘴，用纸捻通得干干净净，觑着眼看看烟嘴小孔，掏出白绸手绢把烟嘴全身上下仔仔细细擦了个遍，然后，掏出一枝大前门，插进烟嘴，点了火，深深抽了几口，悠然自得。

王宝应看看二老板抽烟抽得那样出神入化，也很陶醉："蜜蜡烟嘴抽烟，就是另一个味儿：香，醇，绵软！"

二老板不置可否。

王宝应拿来三个翡翠表拴。那年头还兴戴怀表。讲究的是银链子、翡翠表拴。表拴别在钮扣孔里。他把表拴取出来，让在保全堂店堂里聊天的闲人赏眼："看看，多地道的东西，翠色碧绿，地子透明，这是'水碧'。我费了好大的劲才弄到。不贵，两块钱就卖，——一根。"

十几个脑袋向翡翠表拴围过来。

一个外号"大高眼"的玩家掏出放大镜，把三个表拴挨个看了，说："东西是好东西！"

开陆陈行的潘小开说："就是太贵，便宜一点，我要。"

"贵？好说！"

经过讨价还价，一块八一根成交。

"您是只要一个，还是三个都要？"

"都要！——送人。"

"我给您包上。"

王宝应抽出一张棉纸，要包上表拴。

“先莫忙包，我再看看。”

潘小开拈起一个表拴：

“靠得住？”

“靠得住！”

“不会假？”

“假？您是怕不是玉的，是人造的，松香、赛璐珞、‘化学’的？笑话！我王宝应在高邮做生意不是一天了，什么时候卖过假货？是真是假，一试便知。玉不怕火，‘化学’的见火就着。当面试给你看！”

王宝应左手两个指头捏住一个表拴，右手划了一根火柴，火苗一近表拴——

呼，着了。

一九九三年十月二十六日

辜家豆腐店的女儿

豆腐店是一个“店”，怎么会有个女儿？然而螺蛳坝一带的人背后都是这么叫她。或者称做“辜家的女儿”、“豆腐店的女儿”。背后这样的提她，有一种特殊的意味。姓辜的人家很少，这个县里好像就是两三家。

螺蛳坝是“后街”，并没有一个坝，只是一片不小的空场。七月十五，这里做盂兰盆会。八九月，如果这年年成好，就有人发起，在平桥上用杉篙木板搭起台来唱戏。约的是里下河的草台班子，京戏、梆子“两下锅”，既唱《白水滩》这样摔“壳子”的武打戏，也唱《阴阳河》这样踩跷的戏。做盂兰盆会、唱大戏，热闹几天，平常这里总是安安静静的。孩子在这里踢毽子，踢铁球，滚钱，抖空竹（本地叫

* 初刊于《收获》一九九四年第三期，初收于《矮纸集》。

“抖天嗡子”)。有时跑过来一条瘦狗，匆匆忙忙，不知道要赶到哪里去干什么。忽然又停下来，竖起耳朵，好像听见了什么。停了一会，又低了脑袋匆匆忙忙地走了。

螺蛳坝空场的北面有几户人家。有两家是打芦席的。每天看见两个中年的女人破苇子，编席。一顿饭工夫，就织出一大片。芦席是为大德生米厂打的。米厂要用很多芦席。东头一家是个“茶炉子”，即卖开水的，就是上海人所说的“老虎灶”。一个像柜子似的砖砌的炉子，四角有四个很深的铁铸的“汤罐”，满满四罐清水，正中是火眼，烧的是粗糠。粗糠用一个小白铁簸箕倒进火眼，“呼——”火就猛升上来，“汤罐”的水就呱呱地开了。这一带人家用开水——冲茶、烫鸡毛、拆洗被窝，都是上“茶炉子”去灌，很少人家自己烧开水，因为上“茶炉子”灌水很方便，省得费柴费火，烟熏火燎，又用不了多少。“茶炉子”卖水，不是现钱交易，而是一次卖出一堆“茶筹子”——一个一个长方形的小竹片，一面用铁模子烙出“十文”、“二十文”……灌了开水，给几根茶筹子就行了。“茶炉子”烧的粗糠是成挑的从大德生米厂趸来的。一进“茶炉子”，除了几口很大的水缸，一眼看到的便是靠后墙堆得像山一样的粗糠。

螺蛳坝一带住的都是“升斗小民”，称得起殷实富户的，是大德生米厂。大德生的东家姓王，街上人都称他王老板。

大德生原来的底子就厚实，一盘很大的麻石碾子，喂着两头大青骡子，后面仓里的稻子堆齐二梁。后来王老板把骡子卖了，改用机器碾米，生意就更兴旺了。大德生原是一个米店，改用机器后就改称为“米厂”。这算是螺蛳坝唯一的“工厂”。每天这一带都听得到碾米的柴油机的铁烟筒里发出节奏均匀的声音：蓬——蓬——蓬……

王老板身体很好，五十多岁了，走路还飞快，留一撇乌黑的牙刷胡子，双眼有神。

他的大儿子叫王厚辽，在米厂里量米，记帐。他有个外号叫“大呆鹅”，看样子也确是有点呆相。

二儿子叫王厚堃，跟一个姓刘的老先生学中医。长得眉清目秀，一表人材。

大德生东墙外住着一个姓薛的裁缝。薛裁缝是个老实人，整天只知道低头做活，穿针引线。他的老婆人称薛大娘。薛大娘跟老头子可不是一样的人，她也“穿针引线”，但引的是另外一种线，说白了，就是拉皮条。

大德生门前有一条小巷，就叫做辜家巷，因为巷子里只有一家人家。辜家的后门就开在巷子里，和大德生斜对门，两步就到了。后面是住家，前面是做豆腐的作坊，前店后家。

辜家很穷。

从螺蛳坝到草巷口，有两家豆腐店。豆腐店是发不了财的，但是干了这一行也只有一直干下去。常言说："黑夜思量千条路，清早起来依旧磨豆腐。"不过草巷口的一家生意不错。一清早卖豆浆，热气腾腾的满满一锅。卖豆腐，四大屉。压百叶，百叶很薄，很白。夏天卖凉粉皮。这凉粉皮是用萵苣汁和的绿豆，颜色是浅绿的，而且有一股萵苣香。生意好，小老板两个月前还接了亲。新媳妇坐在磨子一边，往磨眼里注水，加黄豆，头上插一朵大红剪绒小小的囍。

相比之下，辜家豆腐店就显得灰暗，残旧，一点生气也没有。每天只做两屉豆腐，有时一屉，有时一屉也没有。没本钱，买不起黄豆。辜老板老是病病歪歪的，没有一点精神。

辜老板老婆死得早，没有留下一个儿子，跟前只有一个女儿。

辜家的女儿长得有几分姿色，在螺蛳坝算是一朵花。她长得细皮嫩肉，只是面色微黄，好像是用豆腐水洗了脸似的。身上也有点淡淡的豆腥气。

一天三顿饭，几乎顿顿是炒豆腐渣，不过总得有点油滑滑锅。牵磨的"蚂蚱驴"也得扔给它一捆干草。更费钱的是她爹的病。他每天吃药。王厚堃的师父开的药又都很贵，这位刘先生爱用肉桂，而且旁注："要桂林产者。"每天辜家女儿把药渣倒在路口，对面打芦席和烧茶炉子的大娘看见辜家的女儿在门前倒药渣，就叹了一口气："难！"

大德生的王老板找到薛大娘，说是辜家的日子很难，他想帮他们家一把。

"怎么个帮法？"

"叫他女儿陪我睡睡。"

"什么？人家是黄花闺女，比你的女儿还小一岁！我不干这种缺德事！"

"你去说说看。"

媒人的嘴两张皮，辣椒能说成大鸭梨。七说八说，辜家女儿心里活动了，说："你叫他晚上来吧。"

没想到大呆鹅也找到薛大娘。

王老板是包月，按月给五块钱。

大呆鹅是现钱交易。每次事完，摸出一块现大洋，还要用两块洋钱叮叮当当敲敲，以示这不是灌了铅的"哑板"。

没有不透风的墙，螺蛳坝巴掌大的一块地方，那么多双眼睛，辜家女儿的事情谁都知道了。烧茶炉子、打芦席的大娘指指戳戳，咬耳朵，点脑袋，转眼珠子，撇嘴唇子。大德生的碾米的师傅、量米的伙计议论："两代人操一张 ×，这叫什么事！"——"船多不碍港，客多不碍路，一个羊也是放，两个羊也是赶，你管他是几代人！"

辜家的女儿身体也不好，脸上总是黄白黄白的，她把王厚堃请到屋里看病。王厚堃给她号了脉，看了舌苔，开了脉案，大体说是气血两亏，天癸不调……辜家女儿问什么是“天癸不调”，王厚堃说就是月经不正常。随即写了一个方子，无非是当归、枸杞之类。

王厚堃站起身来要走，辜家女儿忽然把门闩住，一把抱住了王厚堃，把舌头吐进他的嘴里，解开上衣，把王厚堃的手按在胸前，让他摸她的奶子，含含糊糊地说：“你要要我、要要我，我喜欢你，喜欢你……”

王厚堃没有想到她会这样，只好和她温存了一会，轻轻地推开了她，说：

“不行。”

“不行？”

“我不能欺负你。”

王厚堃给她掩了前襟，扣好纽子，开门走了。

王厚堃悬崖勒马，也因为他就要结婚了，他要保留一个童身。

过了两个月，王厚堃结婚了。花轿从辜家豆腐店门前过，前面吹着唢呐，放着三眼铳。螺蛳坝的人都出来看花轿，辜家的女儿也挤在人丛里看。

花轿过去了，辜家的女儿坐在一张竹椅上，发了半天呆。

忽然她奔到自己的屋里，伏在床上号啕大哭。哭的声音很大，对面烧茶炉子的和打芦席的大娘都听得见，只是听不清她哭的是什么。三位大娘听得心里也很难受，就相对着也哭了起来，哭得稀溜稀溜的。

辜家的女儿哭了一气，洗洗脸，起来泡黄豆，眼睛红红的。

一九九四年二月十五日

鹿井丹泉

“鹿井丹泉”是“秦邮八景”中的一景，遗址在今南石桥南。

有一少年比丘，名叫归来，住在塔院深处，平常极少见人。归来仪容俊美，面如朗月，眼似莲花，如同阿难——阿难在佛弟子中俊美第一。归来偶或出寺乞食，游春士女有见之者，无不赞叹，说：“好一个漂亮和尚！”归来饮食简单，每日两粥一饭，佐以黄虀苦荬而已。

出塔院门，有一花坛，遍植栀子。花坛之外为一小小菜园。菜园外即为荆棘草丛，苍茫无际，并无人烟。花坛菜圃

---

* 初刊于《上海文学》一九九五年第七期，初收于北师大版《汪曾祺全集》第二卷。

之间有一石栏方井，井栏洁白如玉，水深而极清。归来每天汲水浇花灌园。

当归来浇灌之时，有一母鹿，恒来饮水。久之稔熟。略无猜忌。

一日归来将母鹿揽取，置之怀中，抱归塔院。鹿毛柔细温暖，归来不觉男根勃起，伸入母鹿腹中。归来未曾经此况味，觉得非常美妙。母鹿也声唤嘤嘤，若不胜情。事毕之后，彼此相看，不知道他们做了一件什么事。

不久，母鹿胸胀流奶，产下一个女婴。鹿女面目姣美，略似其父，而行步姗姗[1]，犹有鹿态，则似母亲。一家三口，极其亲爱。

事情渐为人知，嘈嘈杂杂，纷纷议论。

当浴佛日，僧众会集，有一屠户，当众大叱骂：

“好你个和尚！你玩了母鹿，把母鹿肚子玩大了，还生下一个鹿女！鹿女已经十六岁了，你是不是也要玩它？你把鹿女借给兄弟们玩两天行不行？你把鹿女藏到哪里去啦？”

说着以手痛掴其面，直至流血。归来但垂首趺坐，不言不语。

正在众人纷闹，营营訇訇，鹿女从塔院走出，身著轻绡之衣，体被璎珞，至众人前，从容言说：

1　初刊本为“珊珊”。从初版本。——编者注

“我即鹿女。”

鹿女拭去归来脸上血迹，合十长跪。然后蹣蹣款款，走出塔院之门，走入栀子丛中，纵身跃入井内。

众人骇然，百计打捞，不见鹿女尸体，但闻空中仙乐飘飘，花香不散。

当夜归来汲水澡身迄[1]，在栀子丛中累足而卧，比及众人发现，已经圆寂。

按此故事在高邮流传甚广，故事本极美丽，但理解者不多。传述故事者用语多鄙俗，屠夫下流秽语尤为高邮人之奇耻。因此改写。

一九九五年春节

1 “迄”应为“讫”。——编者注

喜　神

喜神即画像，这大概是宋朝人的说法。钱大昕《竹汀先生日记抄》:“读宋伯仁《梅花喜神谱》……凡百图，图后五言绝一首，题曰‘喜神’，盖宋时俗语，以写像为喜神也。”钱说未必准确。喜神我们那里现在还有这说法。宋伯仁画梅，只是取其神韵，“喜神”是诗意化了的说法，是从人像移用的。除了宋伯仁，也没有听说过称花卉画为喜神的。

作为人像的喜神图有两种。一种是生活像，即行乐图。袁枚《随园诗话》谓:“古无小照，起于汉武梁祠画古贤烈女之像。而今则庸夫俗子皆有一行乐图矣。”行乐图与武梁祠画像，恐怕没有直接关系，袁枚盖亦揣测之词。自画或请人

*初刊于《收获》一九九五年第四期，初收于北师大版《汪曾祺全集》第二卷。

画小像，当起于唐宋，苏东坡即有小像。明清以后始盛行。“庸夫俗子皆有一行乐图矣”，是对的。我的外祖父即有一行乐图，是一横披。既是“行乐”，大都画得很闲适，外祖父的行乐图就是这样。他坐在一丛竹子前面的石头上，手执一卷书，样子很潇洒。其实我的外祖父是个很古板严厉的人，我从来没有看见过他坐在丛竹前的石头上，并且他从来不看一本书。

比行乐图更多见的喜神是遗像，北京人叫做“影”。画遗像的是专门的画匠，他们有一套特殊的技法，病人垂危，家里人就会把画匠请来。画匠端详着病人，用一张纸勾出他的脸形粗略的轮廓线条。回家在一张挖出一个椭圆的宣纸的椭圆处用淡墨画出像主的头像的初稿。照例要拿了初稿到“本家”去征求死者亲属的意见。意见总是有的，额头窄了、颧骨高了、人中长了……最挑剔的大都是姑奶奶。画匠把初稿拿回去，换一张新纸，勾了墨色较深的单线，敷出淡淡的肤色，“喜神”的头部就算完成。中国的传真画像的匠师有一套秘传的“百脸图”，把人的面部经过分析，定出一百种类型，画像时选定一种，对着真人，斟酌加减，画出来总是相当像的。我们县城里画像画得最好的是管又萍，他的画价也最贵。

“开脸”之后，画穿戴。男的都是补褂朝珠，颜色是一样的，只有顶子不能乱画。大红顶子、金顶子，不能乱来。常见的喜神上的顶子多半是蓝顶子、水晶顶子，因为这是不大的功名。女的则一律是凤冠霞帔。这有点奇怪，男女时代不同。喜神上的老爷是清装——袍套，太太则是明代的服装——凤冠霞帔是明代服装。据说这跟洪承畴的母亲有关。洪母忠于明室，死后顺治特许以明代命妇服装盛殓。以后就将此制度延续了下来。顺治开国，为了笼络人心，所颁圣谕或者可信。

画穿戴是很费工的，要画得很细致。曾见过一篇谈齐白石的文章，说他画的像能透过纱套，看得见里面袍子上的团龙。其实这是所有的画匠都做得到的，只要不怕麻烦。

管又萍画像只管“开脸”，画穿戴都交给了徒弟。他有两个徒弟，都是哑巴。他们也能“开脸”，只是不那么传神。

管又萍病重，自知不起，他叫两个徒弟给他画一张像。徒弟画好了，他看了看，叫徒弟拿一面镜子、一枝笔来，他对着镜子看了看，在徒弟画的像上加了两笔。传神阿堵，颊上三毫，这张像立刻栩栩如生，神气活现。

管又萍放下画笔，咽了气。

一九九五年三月二十五日

丑　脸

这四位略有赀财，但在城里算不上是绅士大户，因此对绅士大户很巴结。大户人家有事，婚丧寿庆，他们必定是礼到人到，从不缺席。他们和绅士大户多少都能拉扯一点亲戚关系，叙起来却好像是至亲。他们来了，气氛就活跃起来，很多人都愿意看他们一眼，然后抿嘴而笑。有时他们凑一桌麻将，来看一眼，抿嘴笑着走开的人更多。女眷们伸了脑袋，尽情地看够，然后跑到对面廊子上放声大笑，笑得上气不接下气，笑得直揉肚子，嘴里还要不停地乱叫："哎哟哎哟……"

这四位长得奇丑。他们长了四张丑脸。

---

* 初刊于《收获》一九九五年第四期，初收于北师大版《汪曾祺全集》第二卷。

第一位是驴脸。这没有太特别处，只是特别的长而已。

第二位，女眷们叫他“瓢把子脸”，是说他的额头大，且光滑无毛，下巴又有点向外兜。

第三位是“磨刀砖脸”，是说脸狭长，上下都有点翘，而当中是个凹脸心。

第四位最特别，是一张“鞋拔子脸”。鞋拔子后来很少见到了，当初是常见的。那会穿鞋时兴狭小，得用鞋拔子拔，用手是拔不上去的。“鞋拔子脸”是什么样的呢？没有看过的，想象不出，但是一看见这张脸，就觉得真像！这不知道是哪一位尖嘴促狭的少奶奶想出来的！

这四位相继去世了。前后脚。

人总要死的，不论长了一张什么脸。

一九九五年三月二十五日

水 蛇 腰

崔兰是个水蛇腰。腰细，长，软。走起路来扭扭的。很多人爱看她走路。路上行人，尤其是那些男教员。看过来，看过去，眼睛很馋。崔兰并不知道有人看她。她只是自自然然地走。崔兰还小，才读小学五年级。虽然发育得比较快，对于许多事还只有点朦朦的感觉，并不大懂，她不知道卖弄风情，逗引男人。

崔兰结婚早。未免过早一点。高小毕业就结婚了。在这所六年级制的小学里，也称她是结婚最早的一个。嫁的是朱家。朱家的少爷。朱家是很阔的人家，开面粉厂。这个地方把面粉叫做“洋面”，这个面粉厂叫“洋面厂”。崔兰嫁的是洋面厂的小老板。崔兰怎么会嫁到朱家去的呢？

---

* 初刊于《中国作家》一九九五年第四期，初收于《矮纸集》。

崔兰的父亲是洋面厂的账房先生，崔兰常给她父亲到洋面厂去送饭（崔兰的母亲死得早，家里许多事得她管），朱家的少爷一眼看上了崔兰，托人说媒，非崔兰不娶。崔兰的父亲自然没有意见，崔兰只说了两句话："我还小哩。……他们家太阔了！"事情就定了。

结婚三朝，正是阴历七月十五，"迎会"（赛城隍）的日子。这个地方每年七月十五"出会"。近晌午时把城隍老爷的"大驾"从庙里请出来。在主要街道上"巡"一"巡"，到"行宫"里休息，下午再"回銮"。这是一年里最隆重而热闹的日子。大锣大鼓，丝竹齐奏。踩高跷，舞狮子，舞龙，舞"大头和尚"（月明和尚度柳翠）。高跷有"火烧向大人"（向大人即清末征太平天国的名将向荣）。柳枝腔"小上坟"，贾大老爷用一个夜壶喝酒……茶担子，花担子，倾城出动，鞭花訇鸣。各种果品，各种鲜花，填街咽巷，吟叫百端[1]……。

朱家的少爷带着新娘子去"看会"，手拉手。从挡军楼（洋面厂的所在）一直走到中市口（全城最繁华处）。新婚夫妻，在大街上，那样亲热，在那么多人面前手搀手地走，很多"老古板"看不惯。

他们的衣装打扮也是这城里的没有见过的。朱家少爷穿了一件月白香云纱长衫，上面却罩了一个掐了玫瑰红韭菜叶

1 初版本为"填街满巷，吟叶百端"。从初刊本改。——编者注

边的黑缎子小马甲。马甲掐边，还是玫瑰红的，男不男，女不女！

崔兰穿的是一件大红嵌金线乔其纱旗袍，脚下是一双鹿皮软底便鞋，很显脚形——崔兰的脚很好看。长丝袜。新烫的头发（特为到上海烫的），鬓边插一朵小小的珍珠偏凤。脸上涂了夏士莲香粉蜜，旁氏口红，描眉画眼，风姿绰约，光彩照人。

朱家少爷和崔兰坐在王万丰（这是中市口一家大酱园）楼上靠栏杆一张小方桌前的藤椅（这是特为给上宾留的特座）上看会，喝茶，嗑瓜子。楼下的往来人议论纷纷，七嘴八舌。有男的，也有女的。有荤的也有素的。有的人说出了声（小声），有的只是自己在心里想。

——崔兰这双丝袜得多少钱？

——反正你我买不起！

——她的旗袍开气未免太高了，又坐在栏杆旁边，从下面看什么都看见了！

——她穿了裤子没有？

——她晚上上床，一定很会扭，扭得很好看。

——你怎会知道？

——想当然耳，想当然耳！

——闭上你们这些男人的臭嘴！

一夜之间，崔兰从一个毛丫头变成了一个少奶奶，不知道为什么，很多人为此很不平。一句话在很多人的嘴里和心里盘桓：

“这可真是糠箩跳米箩了！”

一九九五年四月八日

兽　医

姚有多是本城有名的兽医（本城兽医不多），外号姚六针。他给牲口治病主要是扎针，六针见效。他不像一般兽医，要把牲口在杠子上吊起来，而只是让牲口卧着，他用手在牲口肚子上摸摸，用耳朵贴在肠胃部分听听，然后从针包里抽出一尺长的针，噌噌噌，照牲口肚子上连下三针，牲口便会放一连串响屁，拉好些屎；接着再抽出三根针，噌噌噌，又下三针，牲口顿时就浑身大汗；最后，把事先预备好的稻草灰，用笤帚在牲口身上拍一遍，不到一会儿，牲口就能挣扎着站起来，好了！

围着看的人都说：“真绝！”

据姚有多说：前三针是“通”，牲口得病，大都在肠，

* 初刊于《十月》一九九五年第四期，初收于《矮纸集》。

肠梗阻、肠套结什么的，肠子通了，百病皆除。后三针是“补”——“扎针还能补？”“能，不补则虚，虚则无力。”他有时也用药，用一个木瓢把草药给骡马灌下去，也不煎，也不煮，叫牲口干吞。好家伙，那么一瓢药，够牲口嚼的。吃完，把牲口领起来遛几圈，牲口打几个响鼻，又开始吃青草了。

姚有多每天起来很早，一起来先绕着城墙走一圈，然后到东门里王家亭子的空地上练两套拳。他说牲口一挨针扎，会踢人，兽医必须会武功。能蹿能跳，防身。

姚有多的女人前两年得病死了，没有留下孩子，他一个人过。

谁都知道姚有多不缺钱，但是他的生活很简朴。早上一壶茶，三个肉包子，本地人把这种吃法叫作“一壶三点”；中午大都是在吴大和尚的饺面店里吃一碗面，两个糖酥烧饼；晚饭就更简单了，喝粥。本地很多人家每天都是“两粥一饭”。

他不喝酒，不打牌。白天在没有人来请医的时候，看看熟人；晚上到保全堂药店听一个叫张汉轩的万事通天南地北地闲聊。

一天下午，姚有多在刘春元绒线店的廊檐外，看到一个卖油条的孩子跟一位老者下象棋。老者胡子花白，孩子也就是六七岁。一盘棋下了一半，花白胡子已经招架不住，手忙脚乱，败局已定。旁观的人全都哈哈大笑。

收拾了棋盘棋子，姚有多问孩子："你是小顺子吧？"

"你怎么知道？"

"你还戴着你爹的孝呢！——长得也像。"

"你认识我爹？"

"我们从前是很好的朋友。"

"你是姚二叔。"

"你认识我？"

"谁不认识！"

"你妈还好？"

"还好。"

"小顺子，回去跟你妈说，你也不小了，不能老是卖油条。问她愿不愿让你跟我学兽医。我看你挺聪明，准能学成个好兽医！"

"欸！得罪你啦，二叔！"

顺子前年死了爹，剩下母子二人相依为命。顺子卖油条，他妈给人洗衣裳。

顺子的爹生前租下两间房，这房的特点是门外有一口青麻石井栏的井，这样用起水来非常方便。顺子妈每天大件大件地洗，洗完了晾在井边的竹竿上。顺子妈洗的被褥干净，叠的衣服整齐，来找她拆洗的人很多。

顺子妈干什么都既从容又利落，动作很快，本地人管这样的人叫“刷刮”。

顺子妈长得很脱俗，个子稍高，肩背都瘦瘦薄薄的。她只有几件布衣裳，但是可体合身。发髻一边插一朵绒线小白花，是给亡夫戴的孝。她的鞋面是银灰色的，这双银灰色的鞋，使她有一种说不出的风韵。

顺子妈和街坊处得很好，有求她裁一身衣服的，“替”一双鞋样的，绞个脸的，她无不答应——本地新娘子出嫁前要用两根白线把脸上的汗毛“绞”了，显出额头，叫作“绞脸”。但是她很少到人家串门，因为她是个“半边人”（本地称寡妇为“半边人”），怕人家忌讳。她经常走动、聊天说话的是隔壁的金大娘，开茶炉子卖开水的金大力的老婆，金大娘心善人好只是话多，爱管闲事。

一天晚上，顺子妈把晾干的衣裳已经叠好，金大娘的茶炉子来买水的人也不多了，她就过来找金大娘闲聊——她们是紧邻。

“二嫂子，”金大娘总是叫顺子妈为二嫂子，“我有句话，不知当讲不当讲。讲错了，你别生气。”

“你说。”

“你也该往前走一步了。”

本地把寡妇改嫁叫“往前走一步”。

“我不是没有想过，只是忘不了死鬼。”

“你不能守一辈子！”

“再说，也没有合适的人。我怕进来一个后老子，待顺子不好，那我这心里就如刀剜了！”

“合适的人？有！”

“谁？”

“姚有多。他前些时还想收顺子当徒弟，不会苦了孩子。”

“我想想。”

“想想！过两天给我个回话，摇头不是点头是！”

姚有多原来也没有往这件事上想过，金大娘一提，他心动了，走过来走过去，总要向井台上看看。他这才发现，顺子妈长得这样素雅，他的心怦怦直跳。

顺子妈在洗衣裳，听到姚有多的脚步声，不免也抬眼看了看。

事情就算定了。

顺子妈除了孝，把发髻边的小白花换成一朵大红剪绒的喜字，脱了银灰色的旧鞋，换了一双绣了秋海棠的新鞋，就像换了一个人。

刘春元绒线店的刘老板，保全堂药店的卢管事算是媒人。

顺子妈亲自办了两桌席谢媒。

把客人送走，洗了碗碟，月亮上来了。隔着房门听听，顺子已经呼呼大睡。

顺子妈轻轻闩上房门。姚有多已经上床。

顺子妈吹了灯，借着月光，背过身来，解开钮扣……

熟　藕

刘小红长得很好看，大眼睛，很聪明，一街的人都喜欢她。

这里已经是东街的街尾，店铺和人家都少了。比较大的店是一家酱园，坐北朝南。这家卖一种酒，叫佛手曲。一个很大的方玻璃缸，里面用几个佛手泡了白酒，颜色微黄，似乎从玻璃缸外就能闻到酒香。酱菜里有一种麒麟菜，即石花菜。不贵，有两个烧饼的钱就可以买一小堆，包在荷叶里。麒麟菜是脆的，半透明，不很咸，白嘴就可以吃。孩子买了，一边走，一边吃，到了家已经吃得差不多了。

酱园对面是周麻子的果子摊。其实没有什么贵重的果子，不过就是甘蔗（去皮，切段），荸荠（削去皮，用竹签串

* 初刊于《长江文艺》一九九五年第六期，初收于《矮纸集》。

成串，泡在清水里)。再就是百合、山药。

周麻子的水果摊隔壁是杨家香店。

杨家香店的斜对面，隔着两家人家，是周家南货店，亦称杂货店。这家卖的东西真杂。红蜡烛。一个师傅把烛芯在一口锅里一枝一枝“蘸”出来，一排一排在房椽子上风干。蜡烛有大有小，大的一对一斤，叫做“大八”。小的只有指头粗，叫做“小牙”。纸钱。一个师傅用木槌凿子在一沓染黄了的“毛长纸”上凿出一溜溜的铜钱窟窿，是烧给死人的。明矾。这地方吃河水，河水浑，要用矾澄清了。炸油条也短不了用矾。碱块。这地方洗大件的衣被都用碱，小件的才用肥皂。浆衣服用的浆面——芡实磨粉晒干。另外在小缸里还装有白糖、红糖、冰糖，南枣、红枣、蜜枣，桂圆、荔枝干、金橘饼，山楂，老板一天说不了几句话，跟人很少来往，见人很少打招呼，有点不近人情。他生活节省，每天青菜豆腐汤。有客人（他也还有一些生意上的客人）来，不敬烟，不上点心，连茶叶都不买一包，只是白开水一杯。因此有人从《百家姓》上摘了四个字，作为他的外号：“白水窦章”，白水窦章除了做生意、写帐，没有什么别的事。不看戏，不听说书，不打牌，一天只是用一副骨牌“打通关”，抱着一只很肥的玳瑁猫。他并不喜欢猫。是猫避鼠。他养猫是怕老鼠偷吃蜡烛油。打通关打累了，他伸一个懒腰，走到门口闲看。看来往行人，看狗，看碾坊放着青回来的骡马，看乡下人赶到湖西歇伏的水牛，看对面店铺里买东西的顾客。

周家南货店对面是一家绒线店，是刘小红家开的。绒线店卖丝线、花边、绦子，还有一种扁窄上了浆的纱条，叫做“鳝鱼骨子”，是捆扎东西用的。绒线店卖这些东西不用尺量，而是在柜台边刻出一些道道，用手拉长了这些东西在刻出的道道上比一比。刘小红的父亲一天就是比这些道道，一面口中报出尺数：“一尺、二尺、三尺……”绒线店还带卖梳头油、刨花（抿头发用）、雪花膏。还有一种极细的铜丝，是穿珠花用的，就叫做“花丝”。刘小红每学期装饰教室扎纸花，都从家里带了一箍花丝去。

刘老板夫妇就这么一个女儿，娇惯得不行，要什么给什么，给她的零花钱也很宽松。刘小红从小爱吃零嘴，这条街上的零食她都吃遍了。

但是她最爱吃的是熟藕。

正对刘家绒线店是一个土地祠。土地祠厢房住着王老，卖熟藕。王老无儿无女，孤身一人，一辈子卖熟藕。全城只有他一个人卖熟藕，谁想吃熟藕，都得来跟王老买。煮熟藕很费时间，一锅藕得用微火煮七八小时，这样才煮得透，吃起来满口藕香。王老夜里煮藕，白天卖，睡得很少。他的煮藕的锅灶就安在刘家绒线店门外右侧。

小红很爱吃王老的熟藕，几乎每天上学都要买一节，一边走，一边吃。

小红十一岁上得了一次伤寒，吃了很多药都不见效。她在床上躺了二十多天，街坊们都来看过她。她吃不下东西。王老到南货店买了蜜枣、金橘饼、山楂糕给送来，她都不吃，摇头。躺了二十多天，小脸都瘦长了，妈妈非常心疼。一天，她忽然叫妈：

“妈！我饿了，想吃东西。”

妈赶紧问：

“想吃什么？给你下一碗饺面？”

小红摇头。

“冲一碗焦屑？”

小红摇头。

“熬一碗稀粥，就麒麟菜？”

小红摇头。

“那你想吃什么？”

“熟藕。”

那还不好办！小红妈拿了一个大碗去找王老，王老说：

“熟藕？吃得！她的病好了！”

王老挑了两节煮得透透的粗藕给小红送去。小红几口就吃了一节，妈忙说：“慢点！慢点！不要吃得那么急！”

小红吃了熟藕，躺下来，睡着了。出了一身透汗，觉得浑身轻松。

小孩子复原得快，休息了一个星期，就蹦蹦跳跳去上学了，手里还是捧了一节熟藕。

日子过得真快，转眼小红二十了，出嫁了。

婆家姓翟，也是开绒线店的。翟家绒线店开在北市口。北市口是个热闹地方，翟家生意很好。丈夫原是小红的小学同学，还做了两年同桌，对小红也很好。

北市口离东街不远，小红隔几天就回娘家看看，帮王老拆洗拆洗衣裳。

王老轻声问小红：

“有了没有？”

小红红着脸说：“有了。”

“一定会是个白胖小子！”

“托您的福！”

王老死了。

早上来买熟藕的看看，一锅煮熟藕，还是温热的，可是不见王老来做生意。推开门看看，王老不知什么时候已经断了气。

小红正在做月子，来不了。她叫丈夫到周家南货店送[1]了一对“大八”，到杨家香店“请”了三股香，叫他在王老灵前点一点，叫他给王老磕三个头，算是替她磕的。

王老死了，全城再没有第二个人卖熟藕。

但是煮熟藕的香味是永远存在的。

1 “送”疑为“选”。——编者注

莱生小爷

莱生小爷家有一只鹦鹉。

莱生小爷是我们本家叔叔。我们那里对和父亲同一辈的弟兄很少称呼“伯伯”、“叔叔”的，大都按他们的年龄次序称呼“大爷”、“二爷”、“三爷”……年龄小的则称之为“小爷”。汪莱生比我父亲小好几岁，我们就叫他“小爷”。有时连他的名字一起叫，叫“莱生小爷”，当面也这样叫。他和我父亲不是嫡堂兄弟，但也不远，两房是常走动的。

莱生小爷家比较偏僻，大门开在方井巷东口。对面是一片菜园。挨着莱生小爷家，往西，只有几户人家。再西，出巷口即是“阴城”。“阴城”即一片乱葬岗子，层层叠叠埋着

---

* 初刊于《山花》一九九六年第一期，初收于北师大版《汪曾祺全集》第二卷。文后写作时间为初版本所加。

许多无主孤坟，草长得很高。

我的祖母——我们一族人都称她“太太”，有时要出门走走，常到方井巷外看看野景，吩咐种菜园的人家送点菜到家里。菜园现拔的菜叫“起水鲜”，比上市买的好吃。下霜之后的乌青菜（有些地方叫塌苦菜或塌棵菜）尤其鲜美，带甜味。太太到阴城看了野景，总要到莱生小爷家坐坐，歇歇脚，喝一杯小婶送上来的热茶，说些闲话，问问今年的收成，问问楚中——莱生小爷的大舅子，小婶的大哥的病好些了没有。

太太到方井巷，都叫我陪着她去。

太太和小婶说着话，我就逗鹦鹉玩。

鹦鹉很大，绿毛，红嘴，用一条银链子拴在一个铁架子上。它不停地窜来窜去，翻上翻下，呷呷地叫。丢给它几颗松子、榛子，它就嘎吧嘎吧咬开了吃里面的仁。这东西的嘴真硬，跟钳子似的。我们县里只有这么一只鹦鹉，绿毛，红嘴，真好玩。莱生小爷不知是从哪里买来的。

莱生小爷整天没有什么事。他在本家中家境是比较好的，从他家里摆设用具、每天的饭菜就看得出来。——我们的本家有一些是比较穷困的，有的竟是家无隔宿之粮。他田地上的事，看青、收租，自有“田禾先生”管着。他不出大门，不跟人来往，与人不通庆吊。亲戚家有娶亲、做寿的，他一概不到，由小婶用大红信套封一份“敬仪”送去。他只是喂鹦鹉一点食，就钻进后面的书房里。他喜欢下围棋，没有人来和他对奕[1]，他就一个人摆棋谱，一摆一上午。他养了十来盆蒲草。一盆种在一个小小的均窑漆[2]盆里，其余的都排在天井里的石条上。他不养别的花。每天上午用一个小喷壶给蒲草浇一遍水，然后就在藤椅上一靠，睡着了，一直到孩子喊他去吃饭。

他食量很大，而且爱吃肥腻的东西。冰糖肘子、红烧九转肥肠、“青鱼托肺”——烧青鱼内脏。家里红烧大黄鱼，鱼鳔照例归他，——这东西黏黏糊糊的，黏得鳔嘴，别人也不吃。

他一天就是这样，吃了睡，睡了吃，无忧无虑，快活神仙。直到他的小姨子肖玲玲来了，才在他的生活里激起了一阵轩然大波。

肖玲玲是小婶的妹妹。她在上海两江女子体育师范读书。放暑假，回家乡来住住。肖玲玲这二年出落得好看了。脸盘、身材都发生了变化。在上海读了两年书，说话、举止都带了点上海味儿。比如她称呼从前的女同学都叫“密斯 ×”，穿的衣服都是抱身。这个小城里的人都说她

---

1 “奕”同“弈”。——编者注

2 “漆”疑为“浅”。——编者注

很“摩登”。她常到大姐家来，姊妹俩感情很好，有说不完的话。玲玲善长跳舞，北欧土风舞、恰尔斯顿舞（这些舞在体育师范都是要学的）。她读过的中学请她去教，她也很乐意：“one two three four，一、二、三、四，二、二、三、四……”

玲玲来了，莱生小爷就目不转睛地看着她，听她说话，一脸傻气。

他忽然向小婶提出一个要求，要娶玲玲做二房。小婶以为她听岔了音，就说：“你说什么？”——“我要娶玲玲，让她做小，当我的姨太太！”——“你这说的是什么话！快别再说了，叫人家听见了笑话。我们是亲姊妹，有姊妹俩同嫁一个男人的吗？有这种事吗？”——“有！古时候就有，娥、娥、娥……”小爷说话有点结巴，“娥”了半天也没有“娥”出来，小婶觉得又好气，又好笑。

打这儿起，就热闹了。莱生小爷成天和小婶纠缠，成天的闹。

“我要玲玲，我要玲玲！”

“我要玲玲嫁我！”

“我要玲玲做小！”

“娶不到玲玲，我就不活了，我上吊！”

小婶叫他闹得不得安身，就说：“要不你去找我大哥肖楚中说说去，问问玲玲本人。”

“我不去，你替我去！”

小婶叫他闹得没有办法，就回娘家找大哥肖楚中。

肖家没有多少产业，靠肖楚中在中学教英文，按月有点收入。他有胃病，有时上课胃疼，就用铅笔顶住胃部。但是亲友婚嫁，礼数不缺。

小婶跟大哥说：

“莱生要娶玲玲做小。”

肖楚中听明白了，气得浑身发抖。

“放屁！有姊妹二人嫁一个男人的吗？”

“他说有，娥皇女英就是这样。”

“放屁！娥皇女英是什么时代的事，现在是什么时代？难道能回到唐尧虞舜的时代吗？这是对玲玲的侮辱，也是对我肖家的侮辱！亏你还说得出口，替这个混蛋来做这种说客！”

“我是叫他闹得没有办法！他说他娶不到玲玲就要上吊。”

“他爱死不死！你叫他吓怕了，你太懦弱！——这事你千万别跟玲玲提起！”

“那怎么办呢？”

“不理他！——我有办法，他再闹，我告到二太爷那里去（二太爷是我的祖父，算是族长），把他捆起来送到祠堂里打一顿，他就老实了！这是废物一个，好吃懒做的寄生虫，真是异想天开，莫名其妙！”

小婶把大哥的话一五一十传给了汪莱生。真要是送到祠堂里打一顿，他也有点害怕。这以后他就不再胡搅蛮缠了，但有时还会小声嘟囔：“我要玲玲，我要娶玲玲……”

他吃得还是那么多，还是爱吃肥腻。

有一天，吃完饭，莱生回他的书房，走在石头台阶上，一脚踩空，摔了一跤。小婶听见咕咚一声，赶过来一看，他起不来了。小婶自己，两个孩子，还叫了挑水的老王，一起把他抬到床上去。他块头很大，真重！在床上躺下后，已经中风失语。

小婶请来刘老先生（这是有名的中医）。刘先生看看莱生的舌苔、眼睛，号了号脉，开了一个方子。前面医案上写道：

“贪安逸，食厚味，乃致病之源。拟投以重剂，活血化淤。”

小婶看看药方，有犀角、麝香，知道这都是大凉通窍的药，而且知道这付药一定很贵。

刘老先生喝着小婶给他倒的茶，说：“他的病不十分要紧，吃了这药，一个月以后可能下地。能走动了，叫他出去走走。人不能太闲，太闲了，好人也会闲出病来的。”

一个月后，莱生小爷能坐起来，能下地走走了，人瘦了一大圈。他能说话了，但是话很少。他又添了一宗毛病，成天把玻璃柜厨[1]的门打开，又关上；打开，又关上，嘴里不停地发出拉胡琴定弦的声音：

“gà gi，gi gà，gà gi，gi gà……”

然后把柜厨[2]的铜环摇动得山响：

“哗啦哗啦哗啦……”

很难说他得了神经病，但可说是成了半个傻子。

“gà gi，gi gà，gà gi gi gà……”

“哗啦哗啦哗啦。”

我离乡日久，不知道莱生小爷后来怎么样了。按年龄推算，他大概早已故去。我有时还会想起他来，想起他的鹦鹉，他的十来盆蒲草。

一九九五年九月二十二日

1、2 “厨”同“橱”。——编者注

薛大娘

薛大娘是卖菜的。

她住在螺蛳坝南面，占地相当大，房屋也宽敞，她的房子有点特别，正面、东西两边各有三间低低的瓦房，三处房子各自独立，不相连通。没有围墙，也没有院门，老远就能看见。

正屋朝南，后枕臭河边的河水。河水是死水，但并不臭；当初不知怎么起了这么一个地名。有时雨水多，打通螺蛳坝到越塘之间的淤塞的旧河，就成了活水。正屋当中是“堂屋”，挂着一轴“家神菩萨”的画。这是逢年过节磕头烧香的地方，也是一家人吃饭的地方。正屋一侧是薛大娘的儿

---

* 初刊于《山花》一九九六年第一期，初收于北师大版《汪曾祺全集》第二卷。文后写作时间为初版本所加。

子大龙的卧室，另一侧是贮藏室，放着水桶、粪桶、扁担、勺子、菜种、草灰。正屋之南是一片菜园，种了不少菜。因为土好，用水方便——一下河坎就能装满一担水，菜长得很好。每天上午，从路边经过，总可以看到大龙洗菜、浇水、浇粪。他把两桶稀粪水用一个长柄的木勺子扇面似的均匀地洒开。太阳照着粪水，闪着金光，让人感到：这又是新的一天了。菜园的一边种了一畦韭菜，垅了一畦葱，还有几架宽扁豆。韭菜、葱是自家吃的，扁豆则是种了好玩的。紫色的扁豆花一串一串，很好看。种菜给了大龙一种快乐。他二十岁了，腰腿矫健，还没有结婚。

薛大娘的丈夫是个裁缝，人很老实，整天没有几句话。他住东边的三间，带着两个徒弟裁、剪、缝、连、锁边、打纽子。晚上就睡在这里。他在房事上不大行。西医说他“性功能不全”，有个江湖郎中说他“只能生子，不能取乐”。他在这上头也就看得很淡，不大有什么欲望。他很少向薛大娘提出要求，薛大娘也不勉强他。自从生了大龙，两口子就不大同房，实际上是分开过了。但也是和和睦睦的，没有听到过他们吵架。

薛大娘自住在西边三间里。

她卖菜。

每天一早，大龙把青菜起出来，削去泥根，在两边扁圆的菜筐里码好，在臭河边的水里濯洗干净，薛大娘就担了两筐菜，大步流星地上市了。她的菜筐多半歇在保全堂药店的廊檐下。

说不准薛大娘的年龄。按说总该过四十了，她的儿子都二十岁了嘛。但是看不出。她个子高高的，腰腿灵活，眼睛亮灼灼的。引人注意的是她一对奶子，尖尖耸耸的，在蓝布衫后面顶着。还不像一个有二十岁的儿子的人。没有人议论过薛大娘好看还是不好看，但是她眉宇间有点英气，算得是个一丈青。

她的菜肥嫩水足。很快就卖完了。卖完了菜，在保全堂店堂里坐坐，从茶壶焐子里倒一杯热茶，跟药店的"同事"说说话。然后上街买点零碎东西，回家做饭。她和丈夫虽然分开过，但并未分灶，饭还在一处吃。

薛大娘有个"副业"，给青年男女拉关系——拉皮条。附近几条街上有一些"小莲子"——本地把年轻的女佣人叫做"小莲子"。她们都是十六七，十七八，都是从农村来的。这些农村姑娘到了这个不大的县城里，就觉得这是花花世界。她们的衣装打扮变了。比如，上衣掐了腰，合身抱体，这在农村里是没有的。她们也学会了搽胭脂抹粉。连走路的样子都变了，走起来扭扭荅荅的。不少小莲子认了薛大娘当干妈。

街上有一些风流潇洒的年轻人，本地叫做“油儿”。这些“油儿”的眼睛总在小莲子身上转。有时跟在后面，自言自语，说一些调情的疯话：“花开花谢年年有，人过青春不再来”；“易求无价宝，难得有情郎。”小莲子大都脸色矜持，不理他。跟的次数多了，不免从眼角瞟几眼，觉得这人还不讨厌，慢慢地就能说说话了。“油儿”问小莲子是哪个乡的人，多大了，家里还有谁。小莲子都小声回答了他。

“油儿”到觉得小莲子对他有点意思了，就找到薛大娘，求她把小莲子弄到她家里来会会。薛大娘的三间屋就成了“台基”——本地把提供男女欢会的地方叫做“台基”。小莲子来了，薛大娘说：“你们好好谈谈吧”，就把门带上，从外面反锁了。她到熟人家坐半天，有一搭无一搭地聊聊，估计时间差不多了才回来开锁推门。她问小莲子“好么？”小莲子满脸通红，低了头，小声说“好”——“好，以后常来。不要叫主家发现，扯个谎，就说在街碰到了舅舅，陪他买了会东西。”

欢会一次，“油儿”总要丢下一点钱，给小莲子，也包括给大娘的酬谢。钱一般不递给小莲子手上，由大娘分配。钱多钱少，并无定例。但大体上有个“时价”。臭河边还有一处“台基”，大娘姓苗。苗大娘是要开价的。有一次一个“油儿”找一个小莲子，苗大娘索价二元。她对这两块钱作了合理的分配，对小莲子说：“枕头五毛炕五毛，大娘五毛你五毛。”

薛大娘拉皮条，有人有议论。薛大娘说：“他们一个有情，一个愿意，我只是拉拉纤，这是积德的事，有什么不好？”

薛大娘每天到保全堂来，和保全堂上上下下都很熟。保全堂的东家有一点很特别，他的店里不用本地人，从上到下：管事（经理）、“同事”（本地把店员叫“同事”）、“刀上”（切药的）乃至挑水做饭的，全都是淮安人。这些淮安人一年有一个月假期，轮流回去，做传宗接代的事，其余十一个月吃住都在店里。他们一年要打十一个月的光棍。谁什么时候回家，什么时候假满回店，薛大娘了如指掌。她对他们很同情，有心给他们拉拉纤，找两个干女儿和他们认识，但是办不到。这些“同事”全都是拉家带口，没有余钱可以做一点风流事。

保全堂调进一个新“管事”——老“管事”刘先生因病去世了，是从万全堂调过来的。保全堂、万全堂是一个东家。新“管事”姓吕，街上人都称之为吕先生，上了年纪的则称之为“吕三”——他行三，原是万全堂的“头柜”，因为人很志诚可靠，也精明能干，被东家看中，调过来了。按规矩，当了“管事”，就有“身股”，或称“人股”，算是股东之一，年底可以分红，因此“管事”都很用心尽职。

也是缘份，薛大娘看到吕三，打心里喜欢他。吕三已经是“管事”了，但岁数并不大，才三十多岁。这样年轻就当了管事的，少有。“管事”大都是“板板六十四”的老头，“同事”、学生意的“相公”都对“管事”有点害怕。吕先生可不是这样，和店里的“同事”[1]、来闲坐喝茶的街邻全都有说有笑，而且他的话都很有趣。薛大娘爱听他说话，爱跟他说话，见了他就眉开眼笑。薛大娘对吕先生的喜爱毫不遮掩。她心里好像开了一朵花。

吕三也像药店的“同事”、“刀上”，每年回家一次，平常住在店里。他一个人住在后柜的单间里。后柜里除了现金、账簿，还有一些贵重的药：犀牛角、鹿茸、高丽参、藏红花……。

吕先生离开万全堂到保全堂来了，他还是万全堂的老人，有时有事要和万全堂的“管事”老苏先生商量商量，请教请教。从保全堂到万全堂，要经过臭河边，经过薛大娘的家。有时他们就做伴一起走。

有一次，薛大娘到了家门口，对吕三说：“你下午上我这儿来一趟。”

吕先生从万全堂办完事回来，到了薛家，薛大娘一把把

1　初刊本为“同仁”。从初版本。——编者注

他拉进了屋里。进了屋，薛大娘就解开上衣，让吕三摸她的奶子。随即把浑身衣服都脱了，对吕三说：“来！”

她问吕三：“快活吗？”——“快活。”——“那就弄吧，痛痛快快地弄！”薛大娘的儿子已经二十岁，但是她好像第一次真正做了女人。

好事不出门，坏事传千里，薛大娘和吕三的事渐渐被人察觉，议论纷纷。薛大娘的老姊妹劝她不要再“偷”吕三，说：

“你图个什么呢？”

“不图什么。我喜欢他。他一年打十一个月光棍，我让他快活快活，——我也快活，这有什么不对？有什么不好？谁爱嚼舌头，让她们嚼去吧！”

薛大娘不爱穿鞋袜，除了下雪天，她都是赤脚穿草鞋，十个脚趾舒舒展展，无拘无束。她的脚总是洗得很干净。这是一双健康的，因而是很美的脚。

薛大娘身心都很健康。她的性格没有被扭曲、被压抑。舒舒展展，无拘无束。这是一个彻底解放的，自由的人。

一九九五年九月二十二日

名士和狐仙

杨渔隐是个怪人。怪处之一，是不爱应酬。杨家在县里是数一数二的高门望族，功名奕世，很是显赫。杨渔隐的上一代曾经是一门三进士，实属难得。杨家人口多，共八房。杨家子弟彼此住得很近，都是深宅大院。门外有石鼓，后园有紫藤、木香。他们常来常往，遇有年节寿庆，都要相互宴请。上一顿的肴核才撤去，下一顿的席面即又铺开。照例要给杨渔隐送一回“知单”请大爷过来坐坐（杨渔隐是大房），杨渔隐抓起笔来画了一个字：“谢”，意思是不去。他的堂兄堂弟知道他的脾气，也不再派人催请。杨渔隐住的地方比较偏僻，地名大淖大巷。一个小小的红漆独扇板扉，不像是大

* 初刊于《大家》一九九六年第二期，初收于北师大版《汪曾祺全集》第二卷。

户人家的住处。这是一个侧门，想必是另有一座大门的，但是大门开在什么方向，却很少人知道。便是这扇侧门也整天关着，好像里面没有住人。只有厨子老王到大淖挑水，老花匠出来挖河泥（栽花用），女佣人小莲子上街买鱼虾菜蔬，才打开一会儿。据曾经向门里窥探过的人说：这座房子外面看起来很朴素，里面的结构装修却是很讲究的，而且种了很多花木。杨渔隐怎么会住到这么一个地方来？也许这是祖上传下来的一所别业，也许是杨渔隐自己挑中的，为了清静，可以远离官衙闹市。

杨渔隐很少出来，有时到南纸店去买一点纸墨笔砚，顺便在街上闲走一会，街坊邻居就可以看到“大太爷”的模样。他长得微胖，稍矮，很结实，留着一把乌黑的浓髯，双目炯炯有神。

杨渔隐不爱理人，有时和一个邻居面对面碰见了，连招呼都不打一个。因此一街人都说杨渔隐架子大，高傲。这实在也有点冤枉了杨渔隐，他根本不认识你是谁！

杨渔隐交游不广，除了几个做诗的朋友，偶然应渔隐折简相邀，到他的书斋里吟哦唱和半天，是没有人敲那扇红漆板扉的。

杨渔隐所做的一件极大的怪事，是他和女佣人小莲子结了婚。

这地方把年轻的女佣人都叫做“小莲子”。小莲子原来是伺候杨渔隐的夫人的病的。杨渔隐的夫人很喜欢她，一见面就觉得很投缘。杨渔隐的夫人得的是肺痨，小莲子伺候她很周到，给她煎药、熬燕窝、煮粥。杨夫人没有胃口，每天只能喝一点晚米稀粥，就一碟京冬菜。她在床上躺了三年，一天不如一天。她自己知道没有多少日子了，就叫小莲子坐在床前的杌凳上，跟小莲子说：“我不行了。我死后，你要好好照顾老爷。这样我就走得放心了。我在地下会感激你的。”小莲子含泪点头。

杨夫人安葬之后，小莲子果然对杨渔隐伺候得很周到。每到换季，单夹皮棉，全都准备好了。冬天床上铺了厚厚的稻草，夏天换了凉席。杨渔隐爱吃鱼，小莲子很会做鱼。鳊、白、鲟，清蒸、汆汤，不老不嫩，火候恰到好处。

日长无事，杨渔隐就教小莲子写字（她原来跟杨夫人认了不少字），小字写《洛神赋》，教她读唐诗，还教她做诗。小莲子非常聪明，一学就会。杨渔隐把小莲子的窗课拿给他的做诗的朋友看，他们都大为惊异，连说：“诗很像那么回事，小楷也很娟秀，真是有夙慧！夙慧！”

杨渔隐经过长期考虑，跟小莲子提出，要娶她。“你跟我这么久，我已经离不开你；外人也难免有些闲话。我比你大不少岁，有点委屈了你。你考虑考虑。”小莲子想起杨夫人临终的嘱咐，就低了头说：“我愿意。”

把房屋裱糊了一下，请诗友写了几首催妆诗，贴在门后，就算办了事。杨渔隐请诗友们不要把诗写得太“艳”，说：“我这不是扶正，更不是纳宠，是明媒正娶地续弦，小莲子的品格很高，不可亵玩！”

杨渔隐娶了小莲子，在他们亲戚本家、街坊邻居间掀起了轩然大波。他们认为这简直是岂有此理！这是杨渔隐个人的事，碍着别人什么了？然而他们愤愤不平起来，好像有人踩了他的鸡眼。这无非是身份门第间的观念作怪。如果杨渔隐不是和小莲子正式结婚，而是娶小莲子为妾，他们就觉得这可以，这没有什么，这行！杨渔隐对这些议论纷纷、沸沸扬扬，全不理睬。

杨渔隐很爱小莲子，毫不避讳。他时常搀着小莲子的手，到文游台凭栏远眺。文游台是县中古迹，苏东坡、秦少游诗酒留连的地方，西望可见运河的白帆从柳树梢头缓缓移过。这地方离大淖很近，几步就到了。若遇天气晴和，就到西湖泛舟。有人说：这哪里是杨渔隐，这是《儒林外史》里的杜少卿！

杨渔隐忽然得了急病。一只筷子掉到地上，他低头去捡，一头栽下去就没有起来。

小莲子痛不欲生，但是方寸不乱，她把杨渔隐的过继侄子请来，商量了大爷的后事。根据杨渔隐生前的遗志，桐棺薄殓，送入杨氏祖茔安葬，不在家里停灵。

送走了大爷，小莲子觉得心里空得很。她整天坐在杨渔隐的书房里，整理大爷的遗物：藏书法帖、古玩字画、蕉叶白端砚、田黄鸡血图章，特别是杨渔隐的诗稿，全都装订得整整齐齐，一首不缺。

小莲子不见了！不知道她是什么时候走的。厨子老王等了她几天，也不见她回来。老花匠也不见了。老王禀告了杨渔隐的过继侄儿，杨家来人到处看了看，什么东西都井井有条，一样不缺。书桌上留下一把泥金折扇，字是小莲子手写的。“奇怪！”杨家的本家叔侄把几扇房门用封条封了，就带着满脸的狐疑各自回家。厨子老王把泥金折扇偷偷掖了起来，倒了一杯酒，反复看这把扇子，他也说：“奇怪！”

老王常在晚上到保全堂药铺找人聊天。杨家出了这样的事，他一到保全堂，大家就围上他问长问短。老王把他所知道的一五一十都说了。还把那把折扇拿出来给大家看。

座客当中有一个喜欢刣话的张汉轩，此人走南闯北，无所不知，是个万事通。他把小莲子写的泥金折扇拿在手里翻来覆去地看，一边摇头晃脑，说：“好诗！好字！”大家问他：“张老，你对杨家的事是怎么看的？”张汉轩慢条斯理地说：“他们不是人。”——“不是人？”——“小莲子不是人。小莲子学做诗，学写字，时间都不长，怎么能到得如此境界？诗有点女郎诗的味道，她读过不少秦少游的诗，本也无足怪。字，是玉版十三行，我们县能写这种字体的小楷的，没人！老花匠也不是人。他种的花别人种不出来。牡丹都起楼子，荷花是‘大红十八瓣’，还都勾金边，谁见过？”

“他们都不是人，那，是什么？”

“是狐仙。——谁也不知道他们是从哪里来的，又向何处去了。飘然而来，飘然而去，不是狐仙是什么？”

“狐仙？”大家对张汉轩的高见将信将疑。

小莲子写在扇子上的诗是这样的：

三十六湖蒲荇香
侬家旧住在横塘
移舟已过琵琶闸
万点明灯影乱长

这需要做一点解释：高邮西边原有三十六口小湖，后来汇在一处，遂成巨浸，是为高邮湖。琵琶闸在南门外，是一个码头。

一九九五年十一月十五日

钓鱼巷

程进生有异相，能“纳拳于口”——把自己的拳头塞进自己的嘴里。有人说这是福相。他自己也以此为荣。他的同学可不管他福相不福相，给他起了外号：大嘴丫头。大嘴就大嘴吧，还要“丫头”！他哪点像丫头？他长得很壮实，一脸的“颗子”——青春痘。

他初中已经毕业，暑假后考高中。因为温习功课，看“升学指南”，演算有名的高中历届的入学试题，要专心，要清静，他从上堂屋原来的卧房搬到花园西侧一间书房里来住。书房西边是一溜四扇玻璃窗，窗外是一个花坛，种了三棵丁香。玻璃窗总是开着，程进常由这里出入，跳进来，跳

* 初刊于《大家》一九九六年第二期，初收于北师大版《汪曾祺全集》第二卷。

出去。书房东边的房门闩了，没有人来打搅，他就在里面头悬梁，锥刺股。

他的弟弟程伟也搬到花园里来住，在书房对面的小客厅里。

程家共有三房。大爷即程进和程伟的父亲。“废科举改学堂”之后，他读过旧制中学，现在在家享福，经营他的田产。他一心想开矿发财，他认为只有开矿才能发大财。

二爷早故。

三爷是个画家，他认为大哥的想法很可笑：你那点家产就想开矿？再说咱这里也没有什么矿！——到外地去开？开矿是那么简单的事吗？

三爷两度丧妻，现在续娶的是第三位。是邵伯埭[1]的人，姓部[2]。部家是大地主。部氏夫人的母亲死得早，部小姐从小娇生惯养。她嫁过来时从娘家带过两个随身的女佣人。邵伯人不知道为什么把女佣人都叫成姓高。这两个女佣人一个被叫成小高，一个叫大高。小高贴身伺候大小姐。大高做比较粗的活：拆洗被褥幔帐，倒马桶……。小高娇小玲珑，大高比较高大。小高还没有人家；大高结过婚，不到一年，去年，丈夫死了。小姐出嫁，带过一个岁数不大的寡妇，有人

1 初刊本为“部伯埭”，当为“邵伯埭”。——编者注

2 本文作为姓氏的“部”均疑为“邵”。——编者注

家是要忌讳的。这事请示过程家的大姑奶奶。大姑奶奶知道郃小姐用惯了大高，离不开她，郃小姐特别爱干净，被褥不是大高洗，她不放心，想了想，就说："让她带过来吧！"

大高怕热，爱出汗。一天要用凉水抹几次身。晚上，要洗一次澡。在花园里，打一满澡盆水，在别人都已经睡下的时候，闩了花园到正屋的六角门，哗啦哗啦大洗一次。擦干后躺竹床上乘凉，四仰八叉，一丝不挂。用一个芭蕉扇赶蚊子，小声唱"牌经"（这地方打麻将出牌报牌兴唱"牌经"），牌经大都很"花"，比如打出一张白板，就唱：

"白笃笃的奶子粉撮撮的腰……"

大高唱这样的"牌经"，似乎是对自己的赞美。

一直到露水下来了，她全身凉透了，才开了六角门回屋睡觉。

大高乘凉时，程进透过书房的西窗偷偷地往外看她，看得目瞪口呆。

程进睡得迷迷糊糊的，感觉到旁边好像有一个光溜溜的女人身子，光滑细腻……

程伟起来小便，听到哥哥书房里有一种奇怪声音，他走近听听：两个人在喘气。他轻手轻脚，绕到丁香花下往里看。月光如水："哈！你们！给你告妈！"

程进的妈觉得这件事不好办。大嫂子怎么和三嫂子（这地方妯娌之间彼此称呼都是“嫂子”，不兴叫弟媳）去说这种事呢。想了想，还是得把大姑奶奶请回来。

姑奶奶在家中照例是很有权威的。程家姊弟中，她最年长，比程进的父亲还大一岁。程家的事她做得一半主。

大姑奶奶和三弟媳谈了谈，说大高不宜在这个门里呆下去了，传出去不好。

三少奶奶找小高问了问：大高每天几时进花园洗澡，什么时候回屋。三少奶奶跟三少爷商量了一下，拿二十块钱给大高，又拣了十几件八九成新的自己穿过的衣裳，打了一个包袱，叫小高送大高搭船回邰家，有什么话以后再说。大高明白事情盖不住，跟大小姐说了声：“大小姐，我走了”，擦擦眼泪，走了。

程进考进了南京私立东方中学。南京私立中学不少，名声都不大好。“要偷人，进惠文；吊儿郎当进东方”。惠文是女中，个别女生生活上是不大检点，“偷人”不如流言所说的那样普遍。东方的学生大都是公子哥儿，纨绔子弟。他们很少正经读书，整天在外面吃喝玩乐，到玄武湖划船，打弹子，跳舞——南京中学生很多人会跳踢跶舞，吃女招待。“女招待，真不赖，吃三毛，给一块。”有人甚至荒唐到把妓女弄到宿舍里过夜。

南京妓女很多。她们一眼就看得出来，都在旗袍上襟别一个粉红色的赛璐珞小桃花徽章。有的女学生不知就里，觉得这很好看，也到百货公司买一个来戴，后来才知道这是妓女的标志！

堂堂国府所在，为什么要容纳这样多妓女，而且都让她们戴上小徽章？答曰：有此必要，这对维持社会秩序稳定大有好处；让她们戴上“桃花章”，可以区别良莠，且表示该妓女最近经过检查，干净卫生，并无毛病，只管放心嫖宿；她们要缴纳“花捐”，才能领取徽章，公开从业。每月政府所收“花捐”是一笔不小的数目。

南京妓院大都集中在几条巷子里，钓鱼巷是最有名的。钓鱼巷即在东方中学学生宿舍的后面。这些姑娘们时常在巷子里进进出出，走来走去，打扮得花枝招展，走起来袅袅婷婷。住在宿舍里的学生对她们已经看得很熟，分得清谁是谁。姑娘们走过学生宿舍的后窗户，大都向上看看，和一些熟识的学生招手点头，眉来眼去（南京人叫做“吊膀子”）。妓女都有个香艳的名字，很多是从《红楼梦》上取来的：林黛玉、史湘云（林黛玉、史湘云被妓女当了芳名，可算是倒了霉了！）……有一个最红的，为学生最喜欢的姑娘叫“沙利文”。南京有个专卖面包、西点的面包房叫“沙利文”，出的面包也就叫“沙利文面包”。为什么给妓女起这样一个名字呢？因为她的两个奶奶鼓鼓的，暄[1]腾腾的很有弹性，恰像是沙利文刚烤出来的奶油圆面包。“沙利文”有点天真，很喜欢和学生来往，一起去看一场电影啦，到明孝陵、鸡鸣寺去逛逛啦。这些公子哥儿都长得很帅，留了菲律宾式的长发（背发上涂了很多油）。学生总比较文雅，不像当官、做买卖的那样俗气，一点不懂怜香惜玉，如狼似虎，穷凶极恶。虽然当了妓女，总还希望能得到一点感情，被人看成是一个女学生，不是“婊子”。学生能给她们一小点感情，像《茶花女》里那样的感情。明知道这小点感情是假的，但是姑娘也就满足了。学生从后窗户把她们弄到宿舍里去睡觉，她们大都很愿意。她们觉得不只是让人玩，自己也玩了。

程进不止一次把妓女从后窗户弄进宿舍里来过夜。这种事他父亲在读旧制中学时就干过，可以说是传代。只是方式有些不同。程进的父亲用的是腰带。那时兴系腰带，几乎每人都有一条，湖蓝色，绸制的。把两根腰带结起来，就可以把一个妓女拉上来。到程进时就改用了梯子。钓鱼巷凡有学生是熟客的妓院，都准备了一架小梯子，几步就上来了。

程进在和妓女做事时，有时会想起大高。他的性生活是大高开的蒙，而且大高全身柔软细腻，有一种说不出的美。

为了实现父亲的愿望，程进高中毕业，报考的大学是广

1 初刊本为“宣”。从初版本。——编者注

西大学矿冶系，考上了。

矿冶系毕业后在东北一个矿上工作，——他当然不可能独资开一个矿。解放后作为工程技术人员留用。工作很好，屡受表扬，升为工程师。他在东北结了婚，生了一个男孩子。

反右运动中，追查他的历史。因为他曾在孙立人的远征军中当过翻译，在印度干了一年。本来问题不大，甚至不是问题，但是斗起来没完。七斗八斗，他受不了冤屈，自杀死了。中国有许多知识分子本来都可以活下来，对国家有所贡献，然而不行，非斗不可！八亿人口，不斗行吗？

程进的爱人还年轻，改嫁了。遗孤送回老家，由祖母抚养。这孩子不爱说话。他不懂父亲为什么要死，母亲为什么要嫁人。

大高回郃家后嫁了一次人，生病死了。

“沙利文”不知下落，听说也死了。

很多人都死了。

人活一世，草活一秋。

一九九五年岁暮

关老爷

老关老爷——关老爷的父亲作过两任两淮盐务道，搂了不少银子，他喜欢这小城土地肥美，人情淳厚，就在这里落户安家，起房屋，置田地，优哉游哉当了几年快活神仙老太爷。老关老爷的丧事办得极其体面。老关老爷死后，关老爷承其父业，房屋盖得更大，田地置得更多。一沟、二沟、三垛、钱家伙都有他的庄子。他是旗人。旗人有族无姓，关老爷却沿其父训，姓了关。关老爷的二儿子是个少年名士，还刻了一块图章：汉寿亭侯之后。其实关家和关云长是没有关系的。关老爷有两个特点。一是说了一嘴地道京腔，比如，他见小孩子吸烟，就劝道“小孩子不抽烟！”本地都说“吃

---

* 初刊于《小说界》一九九六年第三期，初收于北师大版《汪曾祺全集》第二卷。

烟”，他却说“抽烟”，本地人觉得这很奇怪。一是他走起路来是方步，有点像戏台上的台步，特别像方巾丑。这城里有几家旗人，他们见面时都还行旗礼——打千儿，本地人觉得他们好像在演戏，很滑稽，很可笑。关老爷个子不高，矮墩墩的。方脸。“高帝子孙多隆准”，高鼻梁。留两撇八字胡。立如松，坐如钟，他的行动都是很端正的。他的为人也很正派。他不抽大烟，不嫖，不赌。只是每年要下乡看一次青。

“看青”即估产。田主和佃户一同看看今年的庄稼长势，估计会有多少收成，能交多少租。一到稻子开花，关老爷就带了“田禾先生”下乡。关老爷骑一匹大青走骡，田禾先生骑一匹粉嘴踢雪黑叫驴，一路分花度柳，款款而行。庄稼碧绿，油菜金黄，一阵一阵野蔷薇的香味扑鼻而来，关老爷东张张西望望，心情十分舒畅。他下乡看青，其实是出来玩玩，看看野景，尝尝野味，改变一下他在深宅大院里的生活。估产定租这些事自有田禾先生和庄头商量，他最多只是点点头，摇摇头。他看的什么青！这些事他也不懂。他还带着一个厨子。厨子头一天已经带了伏酱秋油，五香八角，一应作料，乘船到了一沟。

在路上吃过一碗虾仁鳝丝面，中午饭就不吃了，关老爷要眯一小觉。起来，由庄头领着，田禾先生随着，绕村各处看了看。田禾先生和庄头估计今年收成，商谈得很细，各处田土高低，水流洪窄，哪一个八亩能打多少，哪一堤柽柳能卖多少钱……意见一致，就粗粗落了纸笔，有时意见相左，争持不下，甚至会吵了起来。到了太阳偏西，还没有一个通盘结果。关老爷只在喝茶抽烟，听他们争吵，不置一词。厨子来问："开不开饭？"关老爷肚子有点饿了，就说："开饭开饭！先吃饭，剩下的尾数也不值仨瓜俩枣，明天再议。"

关老爷在一沟的食单如下：

凉碟——醉虾，炸禾花雀，还有乡下人不吃的火焙蚂蚱，油氽蚕茧；

热菜——叉烧野兔，黄闷小公狗肉，干炸活鲹花鱼；

汤——清炖野鸡。

他不想吃饭，要了两个乡下面点：榆钱蒸糕，面拖灰藋菜加蒜泥。关老爷喝酒上脸，三杯下肚就真成了关公了。喝了两杯普洱茶，就有点吃饱了食困，睁不开眼了。

他还要念一会经。他是修密宗的，念的是喇嘛经。

他要睡了。庄头已经安排了一个大姑娘或小媳妇，给他铺好被窝，陪他睡下了。

第二天起来，就什么都好说了，一切都按庄头的话定规。

他给陪他睡的大姑娘、小媳妇一个金戒指。他每次都要带十多二十个戒指，田禾先生知道，关老爷下乡看青，只是要把一口袋戒指给出去，他和庄头磨牙费嘴都只是过场而已。

一沟、二沟、三垛转了一圈，关老爷累了，回到钱家伙喝了人参汤，大睡了两天，回家，完成了他的看青壮举，得胜还朝。

关老爷是旗人，又是从外地迁来的，本地亲戚很少，只有一个老姑奶奶嫁给阚家，一个老姨嫁给简家，算是至亲。有熟读《三国演义》的人说：你们一家是阚泽的后人，一个是简雍的后人，这样的姓很少，难得！关老爷和岑直斋小时候是同学，跟杨又渔学过做古文、制艺、试帖诗，以后常在一起作文酒之游。关老爷的二儿子关汇和岑直斋的大儿子岑瑜从小学到中学都是同班同学。这几家是通家之好，婚丧嫁娶，办生做寿，走动得很勤。

岑直斋的女儿岑瑾是个美人（她母亲是姨太太，本是南堂子里的名妓）。她眼睛弯弯的，常若含笑，皮肤非常白嫩，真是“吹弹得破”，——因此每年都生冻疮。关汇很爱看岑瑾的一举一动，他央求老姨奶奶到岑家说媒。岑瑾的妈说这得问问她本人。岑瑾本不愿意，理由是：一、她比关汇还大两岁；二、关汇身体不好，有点驼背；三、他在学校里功课不好，尤其是数、理、化。她妈说：大两岁没有关系，大媳妇知道疼女婿；身体不好，可以吃药调理；功课——关家这样的人家不指着儿子做事挣钱，一个庄子就够吃一辈子。经过妈下了水磨功夫掰开揉碎反复开导，岑瑾想：富贵人家的子弟差不多也就是这样，就说："妈，您作主！"这样关汇和岑瑾就定了婚，他们那年才读初三。关汇几乎每天都到岑家去，暑假就住在岑家，和岑瑜一起玩：用汽[1]枪打鸟，钓鱼。关汇每天给岑瑾写情书，虽然天天见面。情书大都是把旧诗词改头换面，如："身无彩凤双飞翼，心有灵犀一点通"之类。他送岑瑾一张放大十二寸的相片，岑瑾把相片配了框子挂在墙上。岑瑾觉得她迟早是关家的人了，也不再有别的想法。

初中毕业，关汇到上海去读高中，岑瑾到苏州读了女子师范，暂时"劳燕分飞"了。关汇还是每天写信，热情洋溢；岑瑾也回信，但是关汇觉得她的信感情有点冷淡。

关家老太太急于想早一点抱孙子，姑奶奶、姨奶奶也觉得关汇的婚事不能再拖，就不断催关汇把事情办了。于是在关汇和岑瑾高三寒假就举行了婚礼。两家亲友都不甚多，但是吹吹打打，也很热闹。婚礼半新不旧。关汇坚持穿燕尾服，不穿袍子马褂，岑瑾披婚纱，但是拜堂行礼却是旧式

1 "汽"应为"气"。——编者注

的。燕尾服，婚纱，磕头，有点滑稽。

热闹了一天，客人散尽，关汇、岑瑾入洞房。

三天无大小，有些姑娘小子把耳朵贴在房门上“听房”。什么也没有听见。

半夜里，听到劈劈啪啪的声音，打人？关老爷一听，不对！把关老太太叫起来，叫她带了大儿媳妇赶紧去看看。撞开了房门，只见岑瑾在床前跪着，关汇拿了一根马鞭没头没脸地打她。打一鞭，骂一句：“你欺骗了我！你欺骗了我！”大嫂把岑瑾拉起来，给她盖了被窝；老太太把关汇拉到关老爷的书房里，问：“为什么打她？”关汇气得浑身发抖，说：“她欺骗了我！她欺骗了我！”——“怎么回事？”——“她不是处女！不是处女啊！”

这里的风俗，三天回门，要把那点女儿红包在一方白绫子里，亲手交给妈妈。妈妈接过白绫子，又是哭，又是笑：“闺女！好闺女！”

岑瑾三天回门，这门怎么回呢？关汇不去。老太太再三给他央求，说“关、岑两家，不能让人议论”。好说歹说“你就给妈这点面子，我求你了！”老太太差点跪下。关汇只能铁青着脸进了岑家的门，连饭都没有吃，推说头疼，就先回去了。

关汇不进岑瑾的门，自在书房里睡。

关岑两家是不能离婚的。一离婚，就会引起一县人的揣测刺探。只好就这样拖下去。拖到什么时候呢？

这事总得有个了局。

会是怎样的了局呢？

关老爷还是每年下乡看青。他把他的看青的“章程”略微作了一点修改：凡是陪他睡觉的，倘是处女——真正的黄花闺女，加倍有赏——给两个金戒指。

一九九六年一月二十二日

小嬢嬢

来蜨园谢家是邑中书香门第，诗礼名家，几代都中过进士。谢家好治园林。乾嘉之世，是谢家鼎盛时期，盖了一座很大的园子。流觞曲水，太湖石假山，冰花小径两边的书带草，至今犹在。当花园落成时正值百花盛开，飞来很多蝴蝶，成群成阵，蔚为奇观，即名之为来蜨园。一时题咏甚多，大都离不开庄周，这也是很自然的。园中花木，后来海棠丁香，都已枯死，只有几棵很大的桂花，还很健壮，每到八月，香闻园外。原来有几个花匠，都已相继离散，只有一个老花匠一直还留了下来。他是个聋子，姓陈，大家都叫他陈聋子。他白天睡觉，夜晚守更。每天日落，他各处巡视一

* 初刊于《收获》一九九六年第四期，初收于北师大版《汪曾祺全集》第二卷。

回（来蜨园任人游览，但除非与主人商量，不能留宿夜饮），把园门锁上，偌大一个园子便都交给清风明月，听不到一点声音。

谢家人丁不旺，几代单传，又都短寿。谢普天是唯一可以继承香火的胤孙。他还有个姑妈谢淑媛，是嫡亲的，比谢普天小三岁。这地方叫姑妈为“孃孃”，谢普天叫谢淑媛为“孃孃”或“小孃”。小孃长得很漂亮。

谢普天相貌英俊，也很聪明。他热爱艺术，曾在上海美专学过画——国画和油画，素描功底扎实，也学过雕塑。不到毕业，就停学回乡，在中学教美术课。因为谢家接连办了好几次丧事，内囊已空，只剩下一个空大架子，他得维持这个空有流觞曲沼、湖石假山的有名的“谢家花园”（本地人只称“来蜨园”为“谢家花园”，很多人也不认识“蜨”字），供应三个人吃饭，包括陈聋子。陈聋子恋旧，不计较工钱，但饭总得让人家吃饱。停学回乡，这在谢普天是一种牺牲。

谢普天和谢淑媛都住在“祖堂屋”。“祖堂屋”是一座很大的五间大厅，正面大案上列供谢家祖先的牌位，别无陈设，显得空荡荡的。谢普天、谢淑媛各住一间卧室，房门对房门。谢普天对小孃照顾得很体贴细致。谢家生计，虽然拮据，但谢普天不让小孃受委屈，在衣着穿戴上不使小孃在同学面前显得寒碜。夏天，香云纱旗袍；冬天，软缎面丝绵袄、西装呢裤、白羊绒围巾。那几年兴一种叫做“童花头”的发式（前面留出长刘海，两边遮住耳朵，后面削薄修平，因为样子像儿童，故名“童花头”），都是谢普天给她修剪，比理发店修剪得还要“登样”。谢普天是学美术的，手很巧，剪个“童花头”还在话下吗？谢淑媛皮肤细嫩，每年都要长冻疮。谢普天给小孃用双氧水轻轻地浸润了冻疮痂巴，轻轻地脱下袜子，轻轻地用双氧水给她擦洗，拭净。“疼吗？”——“不疼。你的手真轻！”

单靠中学的薪水不够用，谢普天想出另一种生财之道——画炭精粉肖像。一个铜制高脚放大镜，镜面有经纬刻度，放在照片上；一张整张的重磅画纸上也用长米达尺绘出经纬度，用铅笔描出轮廓，然后用剪齐胶固的羊毫笔蘸了炭精粉，对照原照，反复擦蹭。谢普天解嘲自笑：“这是艺术么？”但是有的人家喜欢这样的炭精粉画的肖像，因为：“很像”！本地有几个画这样肖像的“画家”，而以谢普天生意最好，因为同是炭精像，谢普天能画出眼神、脸上的肌肉和衣服的质感，那年头时兴银灰色的“宁缎”，叫做“慕本缎”。

为了赶期交“货”，谢普天每天工作到很晚，在煤油灯下聚精会神地一笔一笔擦蹭。小孃坐在旁边做针线，或看小说——无非是《红楼梦》、《花月痕》、苏曼殊的《断鸿零雁记》之类的言情小说。到十二点，小孃才回房睡觉，临走说一声："别太晚了！"

一天夜里大雷雨，疾风暴雨，声震屋瓦。小孃神色慌张，推开普天的房门：

"我怕！"

"怕？——那你在我这儿呆会。"

"我不回去。"

"……"

"你跟我睡！"

"那使不得！"

"使得！使得！"

谢淑媛已经脱了衣裳，噗的一声把灯吹熄了。

雨还在下。一个一个蓝色的闪把屋里照亮，一切都照得很清楚。炸雷不断，好像要把天和地劈碎。

他们陷入无法解决的矛盾之中。他们在做爱时觉得很快乐，但是忽然又觉得很痛苦。他们很轻松，又很沉重。他们无法摆脱犯罪感。谢淑媛从小娇惯，做什么都很任性，她不像谢普天整天心烦意乱。她在无法排解时就说："活该！"但有时又想：死了算了！

每年清明节谢家要上坟。谢家的祖茔在东乡，来婕园在城西，从谢家花园到祖坟，要经过一条东大街。谢淑媛是很喜欢上坟的。街上店铺很多，可以东张西望。小风吹着，全身舒服。从去年起，她不愿走东大街了。她叫陈聋子挑了放祭品的圆笼自己从东大街先走，她和普天从来蜨园后门出来，绕过大淖、泰山庙，再走河岸上向东。她不愿走东大街，因为走东大街要经过居家灯笼店。

居家姊妹三个，都是疯子。大姐好一点，有点像个正常人，她照料灯笼店，照料一家人吃饭——一日三餐，两粥一饭。糙米饭、青菜汤。疯得最厉害的是兄弟。他什么也不做，一早起来就唱，坐在柜台里，穿了靛蓝染的大襟短褂。不知道他唱的是什么，只听到沙哑沉闷的声音（本地叫这种很不悦耳的声音为“呆声绕气”）。他哪有这么多唱的，一天唱到晚！妹妹总坐在柜台的一头糊灯笼，脸上带着一种奇怪的微笑。姐妹二人都和兄弟通奸。疯兄弟每天轮流和她们睡，不跟他睡他就闹。居家灯笼店的事情街上人都知道，谢淑媛也知道。她觉得“格应”。

隔墙有耳，谢家的事外间渐有传闻。街谈巷议，觉得岂有此理。有一天大早，谢普天在来蜨园后门不显眼处发现一张没头帖子：

管什么大姑妈小姑妈，
你只管花恋蝶蝶恋花，
满城风雨人闲话，
谁怕！

倒不如海走天涯，

赤条条来去无牵挂，

倒大来潇洒。

谢普天估计得出，这是谁写的，——本县会写散曲的再没有别人，最后两句是一种善意的规劝。

他和小孃孃商量了一下：走！离开这座县城，走得远远的！他的一个上海美专的同学顾山是云南人，他写信去说，想到云南来。顾山回信说欢迎他来，昆明气候好，物价也便宜，他会给他帮助。把一块祖传的大蕉叶白端砚，一箱字画卖给了季匋民，攒了路费，他们就上路了。计划经上海、香港，从海防坐滇越铁路火车到昆明。

谢淑媛没有见过海，没有坐过海船，她很兴奋，很活泼，走上甲板，靠着船舷，说说笑笑，指指点点，显得没有一点心事，说："我这辈子值得了！"

谢普天经顾山介绍，在武成路租了一间画室。他画了不少工笔重彩的山水、人物、花卉，有人欣赏，卖出了一些，但是最受欢迎的还是炭精肖像，供不应求。昆明果然是四季如春。鸡㙡、干巴菌、牛肝菌、青头菌都非常好吃，谢淑媛高兴极了。他们游览了很多地方：石林、阳中海、西山、金殿、黑龙潭、大理，一直到玉龙雪山。读万卷书，行万里路，谢普天的画大有进步。他画了一些裸体人像，谢淑媛给他当模特。画完了，谢淑媛仔仔细细看了，说："这是我吗？我这么好看？"谢普天抱着小孃周身吻了个遍，"不要让别人看！"——"当然！"

谢淑媛变得沉默起来，一天说不了几句话。谢普天问："你怎么啦？"——"我有啦！"谢普天先是一愣，接着说："也好嘛。"——"还好哩！"

谢淑媛老是做恶梦。梦见母亲打她，打她的全身，打她的脸；梦见她生了一个怪胎，样子很可怕；梦见她从玉龙雪山失足掉了下来，一直掉，半天也不到地……每次都是大叫醒来。

谢淑媛的肚子一天比一天大，已经显形了。她抚摸着膨大的小腹，说："我作的孽！我作的孽！报应！报应！"

谢淑媛死了。死于难产血崩。

谢普天把给小孃画的裸体肖像交给顾山保存，拜托他十年后找个出版社出版。顾山看了，说："真美！"

谢普天把小孃的骨灰装在手制的瓷瓶里带回家乡，在来蜨园选一棵桂花，把骨灰埋在桂花下面的土里，埋得很深，很深。

谢普天和陈聋子（他还活着）告别，飘然而去，不知所终。

合　锦

魏小坡原是一个钱谷师爷。“师爷”是衙门里对幕友的尊称，分为两类。一类是参谋司法行政的，称为“刑名师爷”；一类是主办钱粮、税收、会计的，称为“钱谷师爷”。“刑名师爷”亦称“黑笔师爷”；“钱谷师爷”亦称“红笔师爷”。他们有点近乎后来的参谋、秘书班子。虽无官职，但出谋划策，能左右主管官长的思路举措。师爷是读书人考取功名以外的另一条生活途径，有他们自己一套价值观念。求财取利的法门，也是要从师学习的。师爷自成网络，互通声气，翻云覆雨，是中国的吏治史上的一种特殊人物。师爷大都是绍兴人，鲁迅文章中曾经提到过。京剧《四进士》中道

---

* 初刊于《收获》一九九六年第四期，初收于北师大版《汪曾祺全集》第二卷。

台顾读的师爷曾经挟带赃款，不辞而别，把顾读害得不浅。清室既亡，这种人没有了，代之而起的是秘书、干事。但是地方官有些事，如何逢迎辖治、推诿延宕……还得把老师爷请去，在“等因奉此”的公文稿上斟酌一番，趋避得体，动一两句话，甚至改一两个字，果然是“一鞭一条痕，一掴一掌血”，老辣之至。事前事后，当官的自然不会叫他们白干，总得有一点“意思”。

魏小坡已经三代在这个县城当师爷。“民国”以后就洗手不干了，在这里落户定居。除了说话中还有一两句绍兴字眼，如“娘东戳杀”，吃菜口重，爱吃咸鱼和霉干菜，此外已经和本地人没有什么两样。他在钱家伙买了四十亩好田（他是钱谷师爷，对田地的高低四至、水源渠堰自然非常熟悉），靠收租过日子。虽不算缙绅之家，比起“挑箩把担”的，在生活上却优裕得多。

他的这座房屋的格局却有些特别，或者也可以说是不成格局。大门朝西，进门就是一台锅灶。有锅三口：头锅、二锅、三锅。正当中是一个矮饭桌，是一家人吃饭的桌子。魏小坡家人口不多，只有四口人。不知道为什么在这样的矮桌上吃饭。南边是两间卧室，住着魏小坡的两个老婆，大奶奶和二奶奶。两个老婆是亲姊妹。姊妹二人同嫁一个丈夫，在这县城里并非绝无仅有。大奶奶进门三年，没有生养，于是和双亲二老和妹妹本人商量，把妹妹也嫁过来。这样不但妹妹可望生下一男半女，同时姊妹也好相处，不会像娶个小搅得家宅不安。不想妹妹进门三年仍是空怀，姐姐却怀上了，生了一个儿子！

大奶奶为人宽厚。佃户送租子来，总要留饭，大海碗盛得很满，压得很实。没有什么好菜，白菜萝卜烧豆腐总是有的。

锅灶间养着一只狮子玳瑁猫，一只黄狗。大奶奶每天都要给猫用小鱼拌饭，让黄狗嚼得到骨头。

出锅灶间，往后，是一个不大的花园。魏小坡爱花。连翘、紫荆、碧桃、紫白丁香……都开得很热闹。魏小坡一早临写一遍《九成宫醴泉铭》，就靸着鞋侍弄他的那些花。八月，他用莲子（不是用藕）种了一缸小荷花，从越塘捞了二三十尾小鱼秧养在荷花缸里，看看它们悠然来去，真是万虑俱消，如同置身濠濮之间。冬天，腊梅怒放，天竺透红。

说魏家房屋格局特别是小花园南边有一小侧门，出侧门，地势忽然高起，高地上有几间房，须走上五六级“坡台子”（台阶）才到。好像这是另外一家似的。这是为了儿子结婚用的。

魏小坡的儿子名叫魏潮珠（这县西边有一口大湖，叫甓射湖，据说湖中有神珠，珠出时极明亮，岸上树木皆有影，故湖亦名珠湖）。魏大奶奶盼着早一点抱孙子，魏潮珠早就订了亲，就要办喜事。儿媳妇名卜小玲，是乾陞和糕饼店的女儿，两家相距只二三十步路。

我陪我的祖母到魏家去（我们两家是斜对门）。魏家的人听说汪家老太太要来，全都起身恭候。祖母进门道了喜，要去看看魏小坡种的花。“唔，花种得好！花好月圆，兴旺发达！”她还要到后面看看。后面的房屋正中是客厅，东边是新房，西边一间是魏潮珠的书房，全都裱糊得四白落地，簇崭新。我对新房里的陈设，书房里的古玩全都不感兴趣，只有客厅正面的画却觉得很新鲜。画的是很苍劲的梅花。特别处是分开来挂，是四扇屏；相挨着并挂，却是一个大横幅。这样的画我没有见过。回去问父亲，父亲说：“这叫‘合锦’，这样的画品格低俗，和一个钱谷师爷倒也相配。他这堂画用的是真西洋红，所以很鲜艳。”

卜小玲嫁过来，很快就怀了孕。

魏大奶奶却病了，吃不下东西，只能进水，不能进食，这是“噎嗝”。“风痨气臌嗝，阎王请的客”，这是不治之症，请医服药，只能拖一天算一天。

一天，大奶奶把二奶奶请过来，交出一串钥匙，对妹妹说：“妹妹，我不行了，这个家你就管起吧。”二奶奶说：“姐姐，你放心养病。你这病能好！”可是一转眼，在姐姐不留神的时候，她就把钥匙掖了起来。

没有多少日子，魏大奶奶“驾返瑶池”了，二奶奶当了家。

二奶奶持家和大奶奶大不相同。她非常啬刻。煮饭量米，一减再减，菜总是煮小白菜、炒豆腐渣。女佣人做菜，她总是嫌油下得太多。“少倒一点！少倒一点！这样下油法，万贯家财也架不住！”咸菜煮小鱼、药芹（水芹菜），这是荤菜。她的一个特点是不相信人，对人总是怀疑、嘀咕、提防，觉得有人偷了她什么。一个女佣人专洗大件的被子、帐子，通阴沟、倒马桶，力气很大。“她怎么力气这样大呢？”于是断定女佣人偷吃了泡锅巴。丢了一点什么不值几个钱的东西：一块布头、一团烂毛线，她断定是出了家贼，“家贼难防狗不咬！”有一次丢失了一个金戒指，这可不得了，搅得天翻地覆。从里到外搜了佣人身子，翻遍了被褥，结果是她自己藏在梳头桌的小抽屉里了！卜小玲做月子，娘家送来两只老母鸡炖汤。汤放在儿媳妇“迎桌”的沙锅里。二奶奶用小调羹舀了一勺，聚精会神地尝了尝。卜小玲看看婆婆的神态，知道她在琢磨吴妈是不是偷喝了鸡汤又往汤里对了开水。卜小玲很生气，说：“吴妈是我小时候的奶妈，我是喝了她的奶长大的，她不会偷喝我的鸡汤！婆婆你就放心吧！你连吴妈也怀疑，叫我感情上很不舒服！”——“我这是为你！知人知面不知心，难说！难说！”卜小玲气得面朝里，不理婆婆：“什么人哩！”二奶奶这样多疑，弄得所有的人都不舒服。原来有说有笑、和和气气的一家人，弄得清锅冷灶，寡淡无聊。谁都怕不定什么时候触动二奶奶的一根什么筋，二奶奶的脸上刷地一下就挂下了一层六月严霜。猫也瘦了，狗也瘦了，人也瘦了，花也瘦了。二奶奶从来不为自己的多疑觉得惭愧，觉得对不起人。她觉得理所应该。魏小坡说二奶奶不通人情，她说：“过日子必须刻薄成家！”魏小坡听见，大怒，拍桌子大骂：“下一句是什么？”[1]

魏家用过几次佣人，有一回一个月里竟换了十次佣人。荐头店[2]要帮人的，听说是魏家，都说：“不去！”

后客厅的梅花“合锦”第三条的绫边受潮脱落了，魏小坡几次说拿到裱画店去修补一下，二奶奶不理会。这个屏条于是老是松松地卷着，放在条几的一角。

1　这是朱柏庐《治家格言》中的话，“刻薄成家”下一句是“理无久享”。

2　专为介绍女佣的店铺叫“荐头店”或“荐头行”。

百蝶图

小陈三是个卖绒花的货郎。他父亲活着的时候就是个货郎，卖绒花。父亲死了，子承父业，他十六七岁就挑起货郎担卖绒花。城里人叫他小货郎，也叫他小陈。有些人叫他小陈三，则不知是什么道理。他是个独儿子，并无兄弟。也许因为他人缘好，长得聪明清秀，这么叫着亲切。他家住泰山庙。每天从家里出来，沿科甲巷，越塘，进东门，经王家亭子，过奎楼，奔南市口，在焦家巷、百岁巷、熙和巷等几条大巷子都停一停。把货郎担歇在巷口，举起羊皮拨浪鼓摇一气：布楞、布楞、布楞楞……宅门开了，走出一个大姑娘、小媳妇、老太太。

*初刊于《中国作家》一九九六年第六期，初收于北师大版《汪曾祺全集》第二卷。

“小陈三，来了？”

“来了您哪！”

“有好花没有？”

“有！昨天刚从扬州贩来的。您瞧瞧！”

小陈把货郎担的圆笼一个一个打开，摆在扫净的阶石上让人观赏。

他的担子两头各有四层。已经用了两代人，还是严丝合缝，光泽如新，毫不走形。四层圆屉，摞得高高的，但挑起来没有多大分量，因为里面都是女人戴的花：大红剪绒的红双喜、团寿字，这是老太太要的；米珠子穿成的珠花，是少奶奶订的；绢花、通草花，颜色深浅不一，都好像真花，有的通草花上还伏了一只黑凤蝶，凤蝶触须是极细的“花丝”拧成的，拿在手里不停地颤动，好像凤蝶就要起翅飞走。小陈三一枝一枝送到大姑娘、小媳妇、老太太面前，她们能不买一两枝么？

有的姑娘媳妇是为了看两眼小陈三，才买他的花的。

货郎担的一屉放的是绣花用的彩绒丝线。

一天，小陈挑了货郎担往南城去，到了王家亭子边上，忽然下起雨来。真是瓢泼大雨！雨暴风狂，小陈站不住脚，货郎担被风刮得拧着麻花乱转。附近没有地方可以躲避，小陈三只好敲敲王家亭子的玻璃窗，问里面的王小玉，可以不可以让他进来避避雨。

“可以可以！进来进来！”

这王家亭子紧挨东门，正字应该叫做蝶园，本是王家的花园，算得是一处可以供人游赏的名胜。当日王家常在园中宴客，赋诗饮酒。后来王家渐渐衰败，子孙迁寓苏州，蝶园花木凋残，再也听不到吟诗拍曲的声音，只有“亭子”和亭前的半亩荷塘却保留了下来。所谓“亭子”实是一座五间的大厅。大厅四面开窗，十分敞亮。王家把大厅（包括全堂红木家具）和荷塘交给原来的管家老王头看管。清明上坟，偶尔来蝶园看看，平常是不来的。

小陈的上衣都湿透了，小玉叫他脱下来，在小缸灶里抓了一把柴禾，把小陈三的湿衣服搭在烘笼上烤着，扔给他一条手巾，叫他擦擦身上的雨水，给他一件父亲老王头的旧上衣，叫他披披。缸灶火上还炖了一壶茶水——老王头是喝茶的。还好，圆笼里的花没有湿了，但是怕受了潮气，闷得退了色，小玉还是帮小陈一屉一屉揭开，平放在红木条案上。

雨还在下。

小陈说：“这雨！”

小玉说：“这雨！”

“你一个人，不怕？”

“不怕！怕什么？”

小玉的父亲常常出去，给王家料理一点杂事：完钱粮、收佃户送来的租稻……找护国寺的老和尚聊天、有时还找老朋友喝个小酒，回来时往往是月亮照着城墙垛子了。

小玉胆很大。王家亭子紧挨着城墙，城外荒坟累累，还是杀人的刑场，鬼故事很多，她都不相信，只有一个故事，使她觉得很凄凉：一个外地人赶夜路，到了东门外，想抽一袋烟。前面有几个人围着一盏油灯。赶路人装了一袋烟，凑过去点个火。不想叭叽了半天，烟不着，他用手摸摸火苗，火是凉的！这几个是鬼！外地人赶紧走，鬼在他身后哈哈大笑。小玉时常想起凉的火、鬼哈哈大笑。但是她并不汗毛直竖。这个鬼故事有一种很美的东西，叫她感动。

小玉的母亲死得早，她十四岁就支撑门户，打里打外，利利落落，凡事很有决断。

母亲是个绣花女工，小玉从小就学会绣花。手很巧，平针、“乱孱”、挑花、“纳锦”都会。绣帐檐、门帘、枕头顶，都成。她能出样子、配颜色，在县城里有些名气，“打子儿”、“七色晕”，她为甄家即将出阁的小姐绣的一对门帘飘带赢得很多人称赞。白缎地子，平金纳锦飞龙。难的是龙的眼睛，眼珠是桂圆核壳钉上去的。桂圆核壳剪破，打了眼，头发丝缝缀。桂圆核很不好剪，一剪就破，又要一般大，一样圆，剪坏了好多桂圆，才能选出四颗眼珠。白地、金龙、乌黑闪亮的龙眼睛，神气活现。

小陈三看王小玉的绣活，王小玉看小货郎的绒花。喝着老王头的土叶茶，说着话，雨停了，小陈的上衣也干了，小陈告辞。小玉送到门口：

“常来！”

“哎，来！”

小陈果然常来歇脚。他们说了很多话，还结伴到扬州辕门桥去过几次。小陈办货，小玉买彩绒丝线。

王小玉是个美人，长得就像王家亭子前才出水的一箭荷花骨朵，细皮嫩肉，一笑俩酒窝。但是你最好不要招惹她。她双眼一瞪，够你小子哆嗦一会子，她会拿绣花针给你身上留下一点记号。

都说王小玉和小陈三是天生的一对。

小玉对小陈是喜欢的，认为他本小利薄，但是是一个有志气、有出息的后生。小玉对她自己的，也是小陈三的前途有个“远景规划”。她叫小陈在南市口租一个门面，当中是店堂，两边设两个玻璃砖面的小柜台。一边卖她的绣活，小陈帮她接活，记账；一边还可以由小陈卖绒花丝线。小陈可以不必再挑货郎担——愿意挑也可以，只是一天磨鞋底子，太辛苦了。兢兢业业，做上几年，小日子会红火起来的。“斗升之家”还能指望什么呢？

对小玉的“蓝图”，小陈表示完全同意，只是：

“太委屈你了！”

“我愿意！”

有一个人不愿意。

谁？

小陈的妈。

小陈的父亲死得早，妈年轻守寡。她是个非常要强的女人。她眼睛有病，双眼有翳——白内障，见人只模模糊糊看见脸，眉眼分不太清，对面来人，听说话才知道是谁。就这样，她还一天不什闲，忙忙碌碌，家里收拾得“一水也似的”。儿子爱王小玉，她知道，因为儿子早在她耳朵跟前夸小玉，怎么好看，怎么能干，什么事都拿得起，放得下。老太太只是听着，不言语，转着灰白的眼珠子，好像想什么心事。

王小玉给孙家四小姐绣了一个幔帐。这孙四小姐是个很讲究的，欣赏品味很高的才女，衣着都别出心裁，不落俗套。她曾经让小玉绣过一“套”旗袍。一套三件。她一天三换衣，但是乍看看不出来。三件都绣的是白海棠，早起，海棠是骨朵；中午，海棠盛开了；晚上，海棠开败了。她要出嫁了，要小玉绣一个幔帐。她讨厌凤穿牡丹这样大红大绿的花样，让小玉给她绣一幅“百蝶图”。她收藏了一套《滕王蛱蝶》大册页，叫小玉照着绣。

小玉花了一个月，绣得了，张挂在王家亭子，请孙四小姐来验看。孙四小姐一进门，只说了一个字：“好！”王小玉绣的《百蝶图》轰动一城，来看的人很多。

小陈三的妈也来了。经过一个眼科名医生金针拨治，她的眼睛好多了，已经能看清楚黄瓜茄子。她凑近去细看了《百蝶图》，越看越有气。

小陈跟老太太提出要把小玉娶过来，他妈瞪着浑浊的眼睛喊叫起来：

“不行！”

小玉太好看，太聪明，太能干，是个人尖子。她的家里，绝对不能有个人尖子。她不能接受，不能容忍！

她宁可要一个窝窝囊囊的平庸的儿媳。

来了一个人尖子，把她往哪儿搁？

“你要娶王小玉，除非等我死了！”

小陈三不明白母亲为什么生那么大的气。小陈是个孝子。“顺者为孝”。他只好听妈的，没有在家里吵嚷吼叫，日子过得还是平平静静的。但是小陈的妈知道，儿子和妈之间在感情上发生了很大的变化，她知道儿子对她有一种刻骨的怨恨。他一天不说话。他们的关系已经不是母亲和儿子，而是仇敌。

小陈的妈有时也觉得做了一件错事。她也想求儿子原谅她，但是，决不！她没有错！

她为什么有如此恶毒的感情，连她自己也莫名其妙。

一九九六年七月二十三日

礼俗大全

这条河叫准提河，因为河上巷子里有一个小庵准提庵。这条巷子也就叫准提巷。出准提巷，在准提河上有一道砖桥，叫准提桥。准提桥是平桥，铺着立砖，两边白石栏杆。挺好看的。下雨天，雨水从准提巷流出来，流过桥面。这时候没有多少行人来往。偶尔听到钉鞋穿过巷子的声音，由近而远，让人觉得很寂寞。

这是一条不宽的河，孩子打水飘，噌噌噌噌，瓦片可以横越河面，由北边到南边，到河边一直窜到岸上。

吕虎臣住在河南边，挨着准提庵。河南边就只有这一家，单门独院，四面不挨人家。谁都知道，这是吕家，吕虎

＊初刊于《大家》一九九六年第五期，初收于北师大版《汪曾祺全集》第二卷。文后写作日期为初版本所加。

臣家。孩子都知道。

吕家人口简单。吕虎臣中年丧妻，没有再娶。没有儿子，只有个女儿。女儿叫吕蕤，小时候放鞭炮，崩瞎了一只左眼。因此整天戴了深蓝色的卵形眼镜。有个女婿叫李成模，菱塘桥人。女婿不是招赘的，而是从小和吕蕤订了婚，为了考大学，复习功课住到丈人家来的。小两口很亲热。吕蕤很好看，缺了一只眼睛还是很好看。他们每天都在门前闲眺，看人打鱼，日子过得很舒心自在。有一次互相打闹，吕蕤在李成模屁股上踢了一脚。正好吕虎臣从外面回来，装得很生气："玩归玩，闹归闹，哪有这样闹法的！叫过路人看见了笑话！"吕蕤和李成模一伸舌头。

吕虎臣在家的时候少，在外面的时候多。

河北岸，正对着准提巷，是方家。方家的大人去世早，留下一儿一女，兄妹二人相依为命。哥哥方继淦在一个工厂当会计。抗战爆发后随厂到了重庆。妹妹方景心高气傲，一心想读大学，但读了初中，就没有再升学，留在家乡，在一个电话公司当接线员（由于吕虎臣的介绍），她很不甘心。而且医生发现她得了肺结核：全身无力，每天下午面色潮红，有时还咯两口血。她连班都上不了了，只好在家休养。吕虎臣和方家是亲戚，又和方景的父亲同过学（都是邑中名士杨渔隐的学生），对方景很关心。方景爱靠在栏杆上看准提河的水，一看半天。吕虎臣看见，总要走过去安慰她几句，他怕方景会一时想不开。方景看看吕虎臣，说："大姨夫（她总是叫吕虎臣大姨夫），我不会跳下去的！您放心！"——"那好，那好！你不要灰心，你的日子还长着哪！等身体好了，你还可以飞得高高的！"——"谢谢你大姨夫！"吕虎臣知道方景生活艰难，只靠哥哥辗转托人带一点钱来，有时给她一点帮助。看病的诊费、买药的药钱都由吕虎臣代付了（写在吕虎臣的帐上了）。

方景长得黑黑的，眉毛、眼睫毛都很重，眼睛亮晶晶的，走路时脑袋爱往一边偏，是个很好看的黑姑娘。

吕虎臣和城里的几大户，马家、杨家、孙家都是亲戚，时常走动。尤其和孙家是至亲。孙家有什么事，婚丧嫁娶，需要吕虎臣来借箸代筹，一请就到，不请也到。吕虎臣对孙家的世谊姻亲，了如指掌。一切想得很周到，绝对落不了褒贬。他和孙家男女上下都非常熟悉。孙家的姑奶奶都跟他很亲热，爱听他说话。姑奶奶都叫他"虎臣大哥"。吕虎臣有点齉鼻子，说话瓮声瓮气，但是听起来很诚恳。

这孙家是有点特别的人家。既不像马家一样是冠盖如云的大绅士，也不像杨家功名奕世，出过几个进士，他家有些田产，并不很多，但是盖的房子却很讲究。东西两座大厅，磨砖对缝，厅前是一片很大的白矾石的天井。靠东围墙是一间大书房，平常不用；靠西一间小书房，壁隔里摆着古玩瓶盘，是四姑奶奶的绣房，这是名副其实的“绣房”，四姑奶奶不久即将出嫁，她整天在小书房里绣花。

孙老头儿名筱波，但是满城人都叫他“孙小辫”，因为他一直留着一条黄不黄白不白的小辫子，辫根还要系一截红头绳。

孙小辫不喜欢花鸟虫鱼，却喂了一对鹤——灰鹤。这对灰鹤在四姑奶奶绣房后面的假山跟前老是踱来踱去，时不时停下来剔剔翎毛，从泥里搜出一根蚯蚓，吃掉。孙家总是很安静，四姑奶奶飞针走线，绣花针插进绣绷的声音都听得很清楚。

孙筱波的另一特别处是把一位名士宣瘦梅请到家里来教女儿读书。这位宣先生能诗能画，终身不应科举。他教女学生不是读“女四书”之类，而是诗词歌赋。孙家的女儿都能通背《长恨歌》、《琵琶行》、《董西厢》：

碧云天，
黄花地，
秋风紧，
北雁南飞，
晓来谁染霜林醉？
都是离人泪。

孙家女儿都有点多愁善感。孙小辫为什么让宣先生教女儿这些东西，令人百思不得其解。但是男女老少又都会背一篇东西。这篇东西说古文不是古文，说诗词不是诗词，说道情不是道情，不俗不雅，不文不白，是一种奇怪的文体：

三子三鼎甲，
五婿五传胪。
鼎甲本不贵，
贵的是三子三鼎甲；
传胪本不难，
难的是五婿五传胪。
齐家治国平天下，
儿辈承当。
这些事，
老夫也管些儿个：
竹篱石井，
鹤食猴粮。

这算是什么东西呢？是谁的作品？不知道。有人说这是孙筱波作，经宣瘦梅润色过的。这表达了谁的思想？是孙筱波的还是宣瘦梅的？不知道。但是孙家男女老少全都会摇头晃脑地高声背诵，俨然这写的就是孙家。怎么可能呢？“三子三鼎甲”、“五婿五传胪”，哪里会有这样的人家！这只能说是孙筱波的白日梦，或孙家一家的白日梦。孙家不是书香世家，却以世家自居。几个姑奶奶尤其是这样，说起话来引经据典，咬文嚼字，似乎很高雅。女人而说“雅言”叫人很反感。

孙筱波得了一种怪病，两脚不能下地，一着地就疼得不得了。找了几个医生，内科、外科切脉服药，都不见效。吕虎臣来看他，孙筱波说：“这是无名之病，势将不治矣！”吕虎臣叫他把袜子脱了，看了看，说：“嗐！”原来是他平常不洗脚，洗脚也不剪趾甲，趾甲反屈弯曲，抠进了脚心，那着地还有不疼的？吕虎臣到澡堂里请来一位修脚师傅，师傅用几把刀给他修了脚，他下地走了几步，没事了！

不久，孙筱波真的病了。没几天就呜呼哀哉，伏维尚飨了。也没有什么大病，心力衰竭，老死的。盛殓之后，因为日本人已经打到离县城不远，兵荒马乱，难以成礼，经子女亲戚计议，决定移柩三垛镇，六七开吊。当然得惊动吕虎臣。吕虎臣头两天就到了三垛，料理一切。

吕虎臣是个礼俗大全，亲戚朋友家有婚丧嫁娶，必须请他到场，擘画斟酌。

做寿倒没他什么事，他只是看看寿堂：这家有一幅吕纪的豹（报）喜图应该挂在正面、寿屏的次序有没有挂错、寿联的上下联颠倒了没有、陈曼生汪琬的对联应该分挂在不同地方；来客应于何处待茶、何处吸（鸦片）烟，都得安排妥当了。开宴时席位的尊卑长幼更得有个讲究。吕虎臣左顾右盼，添酒布菜，三杯寿酒是绝对喝不安生的。

办喜事，吕虎臣事不多。找一个胖小子押轿；花轿到门，姑爷射三箭；新娘子跨火、过马鞍……直到坐床撒帐，这都由姑奶奶、姨奶奶张罗，属于“妈妈令”，吕虎臣只关心一件事，找一位“全福太太”点燃龙凤喜烛。“全福太太”即上有公婆父母，下有儿女的那么一个胖乎乎的半大老太太。这样的“全福人”不大好找。吕虎臣早就留心，道一声“请”，全福太太就带点腼腆，款款起身，接过纸媒子，把喜烛点亮，于是洞房里顿时辉煌耀眼，喜气洋洋。

最麻烦复杂的是办丧事。一到三垛，进了门，吕虎臣就问：“已经请了李菉了没有？”——“请了，请了！明天上午派船，三老爷擦黑准到！”——“那好，要派妥当的人去！”——“没错您哪！”——“准备云土。”——“是！”

李菉抽大烟，而且必须是云土。

吕虎臣第一件事是用一张白宣纸，裁成四指宽、一尺多长，写了三个扁宋体的字：“盥洗处”，贴好了，检查检查“初献、亚献、终献”的金漆小木屏，察看了由敞厅到灵堂的道路，想了想遗漏了什么事。

“开吊”有点像演戏。“初献”、“亚献”、“终献”，各有其人。礼生执金漆小屏前导，司献戚友踱方步至灵前“拜”——“兴”，退出。“亚献”、“终献”亦如此。这当中还要有“进曲”，一名鼓手执葶荠鼓，唱曲一支，内容多是神仙道化，感叹人世无常；另有二鼓手吹双笛随。以后是“读祝”，即读祭文，祭文不知道为什么叫做“祝”。礼生高唱：“读祝者读祝”，一个嗓音清亮，声富表情的亲戚（多半是本地才子）就抑扬顿挫，感慨唏嘘地朗读起来。有人读祝有名，读到沉痛婉转处可令女眷失声而哭。其实“祝”里说的是什么，她们根本不知道，只是各哭其所哭。“祝”里许多词句是通用的，可以用之于晴雯，也可以用之于西门庆。

“开吊”最庄严肃穆的一个节目是“点主”。“神主”枣木牌位上原来只写某某之“神王”，主字上面一点空着，经过一“点”，显考或显妣的灵魂就进入牌内，以后这小木牌就成了显考显妣们的代表。点主要请一位官大功高的耆宿。李菉是常被请的。他点过翰林，在本县可说是最高功名。他脸上有几颗麻子，仆人们都叫他“李三麻子”，因为他架子大，很不好伺候。

礼生高唱：“凝神——想象，请加墨主！”李菉就用一枝新笔舔了墨在“神王”上点了一个瓜子点。“凝神，想象，请加朱主。”李三麻子用白芨调好的朱砂，盖在“墨主”上。于是礼成。

“凝神——想象”这是开吊所用的最叫人感动、最富人情味的最艺术的语言，其余的都只是照章办事，行礼如仪而已。

孙筱波的丧事把吕虎臣累得够呛。没想到这是他一生中操办的最后一件丧事。

吕虎臣送客回来，摔了一跤，当时口眼歪斜，中风失语。他自己知道，这一回势将不救。——他曾经中过一次风，这回是复发了。中风最怕复发。他脑子还清楚，也还能含含糊糊，断断续续交待几句后事：

> 时值兵燹，人心惶惶，不要惊动亲友，殓以常服，薄葬，入土为安；
>
> 不要通知吕蕤。吕蕤已经结婚怀孕，在菱塘桥婆婆家生孩子，不能受刺激，等她生养休息后再慢慢告诉她；
>
> 遗著一卷，有机会刻印若干本送人。

他的遗著是：

> 婚丧
嫁娶 礼俗大全

吕蕤回来，看到父亲的新坟，扑上去嚎啕大哭，把坟土都湿了一圈，怎么劝也劝不住。

陪着吕蕤一起哭的，是方景。

一九九六年十月五日

侯银匠

白果子树，开白花，
南面来了小亲家。
亲家亲家你请坐，
你家女儿不成个货。
叫你家女儿开开门，
指着大门骂门神。
叫你家女儿扫扫地，
拿着笤帚舞把戏。
…………

侯银匠店是个不大点的小银匠店。从上到下，老板、工匠、伙计，就他一个人。他用一把灯草浸在油盏里，用一个

* 初刊时间及初刊处未详，初收于《矮纸集》。

弯头的吹管把银子烧软，然后用一个小锤子在一个钢模子或一个小铁砧上丁丁笃笃敲打一气，就敲出各种银首饰。麻花银镯、小孩子虎头帽上钉的银罗汉、系围裙的银链子、发蓝簪子、点翠簪子……侯银匠一天就这样丁丁笃笃地敲，戴着一副老花镜。

侯银匠店特别处是附带出租花轿。有人要租，三天前订好，到时候就由轿夫抬走。等新娘拜了堂，再把空轿抬回来。这顶花轿平常就停在屏门前的廊檐上，一进侯银匠家的门槛就看得见。银匠店出租花轿，不知是一个什么道理。

侯银匠中年丧妻，身边只有一个女儿。他这个女儿很能干。在别的同年的女孩子还只知道梳妆打扮、抓子儿、踢毽子的时候，她已经把家务全撑了起来。开门扫地、掸土抹桌、烧茶煮饭、浆洗缝补，事事都做得很精到。她小名叫菊子，上学之后学名叫侯菊。街坊四邻都很羡慕侯银匠有这么个好女儿。有的女孩子躲懒贪玩，妈妈就会骂一句："你看人家侯菊！"

一家有女百家求，头几年就不断有媒人来给侯菊提亲。侯银匠总是说："孩子还小，孩子还小！"千挑选万挑选，侯银匠看定了一家。这家姓陆，是开粮行的。弟兄三个，老大老二都已经娶了亲，说的是老三。侯银匠问菊子的意见，菊子说："爹作主！"侯银匠拿出一张小照片让菊子看，菊子噗嗤一声笑了。“笑什么？”——“这个人我认得！他是我们学校的老师，教过我英文。”从菊子的神态上，银匠知道女儿对这个女婿是中意的。

侯菊十六那年下了小定。陆家不断派媒人来催侯银匠早点把事办了。三天一催，五天一催。陆家老三倒不着急，着急的是老人。陆家的大儿媳妇、二儿媳妇进门后都没有生养，陆老头子想三媳妇早进陆家门，他好早一点抱孙子。三天一催，五天一催，侯菊有点不耐烦，说：“总得给人家一点时间准备准备。”

侯银匠拿出一堆银首饰叫菊子自己挑。菊子连正眼都不看，说：“我都不要！你那些银首饰都过了时。现在只有乡下人才戴银镯子。发蓝簪子、点翠簪子，我往哪儿戴，我又不梳纂[1]！你那些银五事[2]现在人都不知道是干什么用的！”侯银匠明白了，女儿是想要金的。他搜罗了一点金子给女儿打了一对秋叶形的耳坠、一条金链子、一个五钱重的戒指。侯菊说：“不是我稀罕金东西。大嫂子、二嫂子家里都是有钱的，金首饰戴不完。我嫁过去，有个人来客往的，戴两件金的，也显得不过于寒碜。”侯银匠知道这也是给当爹的做脸，于是加工细做，心里有点甜，又有点苦。

1 “纂”初版本为“髻”，据手稿改。——编者注

2 “银五事”初版本为“银五半半”，据手稿改。——编者注

爹问菊子还要什么，菊子指指廊檐下的花轿，说：“我要这顶花轿。”

“要这顶花轿？这是顶旧花轿，你要它干什么？”

“我看了看，骨架都还是好的。这是紫檀木的。我会把它变成一顶新的！”

侯菊动手改装花轿，买了大红缎子、各色丝线，飞针走线，一天忙到晚。轿顶绣了丹凤朝阳，轿顶下一周圈鹅黄丝线流苏走水。“走水”这词儿想得真是美妙，轿子一抬起来，流苏随轿夫脚步轻轻地摆动起伏，真像是水在走。四边的帏子上绣的是八仙庆寿。最出色的是轿帘前的一对飘带，是“纳锦”的。“纳”的是两条金龙，金龙的眼珠是用桂圆核剪破了钉上去的（得好些桂圆才能挑得出四只眼睛），看起来乌黑闪亮。她又请爹打了两串小银铃，作为飘带的坠脚。轿子一动，银铃碎响。轿子完工，很多人都来看，连声称赞：菊子姑娘的手真巧，也想得好！

转过年来，春暖花开，侯菊就坐了这顶手制的花轿出门。临上轿时，菊子说了声：“爹！您多保重！”鞭炮一响，老银匠的眼泪就下来了。

花轿没有再抬回来，侯菊把轿子留下了。这顶簇崭新的花轿就停在陆家的廊檐上。

侯菊有侯菊的打算。

大嫂、二嫂家里都有钱。大嫂子娘家有田有地，她的嫁妆是全堂红木，压箱底一张田契，这是她的陪嫁。二嫂子娘家是开糖坊的。侯菊有什么呢？她有这顶花轿。她把花轿出租。全城还有别家出租花轿，但都不如侯菊的花轿鲜亮，接亲的人家都愿意租侯菊的花轿。这样她每月都有进项。她把钱放在迎桌抽屉里。这是她的私房钱，她想怎么花就怎么花。她对新婚的丈夫说："以后你要买书，订杂志，要用钱，就从这抽屉里拿。"

陆家一天三顿饭都归侯菊管起来。大嫂子、二嫂子好吃懒做，饭摆上桌，拿碗盛了就吃，连洗菜剥葱、刷锅、刷碗都不管。陆家人多，众口难调。老大爱吃硬饭，老二爱吃软饭，公公婆婆爱吃烂饭。各人吃菜爱咸爱淡也都不同。侯菊竟能在一口锅里煮出三样饭，一个盘子里炒出不同味道的菜。

公公婆婆都喜欢三儿媳妇。婆婆把米柜的钥匙交给了她，公公连粮行账簿都交给了她，她实际上成了陆家的当家媳妇。她才十七岁。

侯银匠有时以为女儿还在身边。他的灯碗里油快干了，就大声喊："菊子！给我拿点油来！"及至无人应声，才一个人笑了："老了！糊涂了！"

女儿有时提了两瓶酒回来看看他，椅子还没有坐热就匆匆忙忙走了。侯银匠想让女儿回来住几天，他知道这办不到，陆家一天也离不开她。

侯银匠常常觉得对不起女儿，让她过早地懂事，过早地当家。她好比一树桃子，还没有开足了花[1]，就结了果子。

女儿走了，侯银匠觉得他这个小银匠店大了许多，空了许多。他觉得有些孤独，有些凄凉。

侯银匠不会打牌，也不会下棋。他能喝一点酒，也不多。而且喝的是慢酒。两块从连万顺买来的茶干，二两酒，就够他消磨一晚上。侯银匠忽然想起两句唐诗，那是他鋬在“一封书”样式的银簪子上的（他记得的唐诗本不多）。想起这两句诗，有点文不对题：

姑苏城外寒山寺，
夜半钟声到客船。

1 “开足了花”初版本为“开花”，据手稿改。——编者注

我是汪先生的小同乡

上世纪八十年代初，我还是造纸厂一个青工，第一次读到汪老发表在《北京文学》的小说《大淖记事》，清楚记得当时那种兴奋、发呆、木愣。这是写我们高邮的，还是离我家不远的“大脑”（我们当地人就这么写）。后来这篇小说在青工中传阅开来，阅览室有些期刊的精彩处总被撕走，而这一期刊物一页未缺，大家视如珍宝。

汪曾祺是谁？怀着隐秘而长久的好奇心，我读了他很多作品，跟踪了解这位作家的生平、文学成就，更加感动于他不遗余力地用作品描摹故乡高邮，而他的旧居竟然与我家只隔几条巷子。

似乎我们，是的，我们大多数人，原来对家乡很无感，读了汪曾祺的作品才会有意识反观自身，原来这个地方这么美丽，有这么多可爱的景致、事物和人，才能更理解一个远离故乡的人对故乡的极致感情，那是一种文学性的审美的爱与再创造。

如同沈从文笔下有个“凤凰”，汪曾祺有一个“高邮”。现在，高邮人都津津乐道于“高邮出了个汪曾祺”，对他作品里各有所本的人物如数家珍，知道《小姨娘》、《小孃孃》写谁，清楚《侯银匠》的后人还在，被电视台采访报道过；生活中，“戴车匠”的儿子跟我一直有联系有交往，经常给我讲东门大街上的故事；《异秉》里王二的孙子曾经是我工厂里的同事，还在东门大街上卖五块钱一联的蒲包肉，人人爱吃奉为正宗……

这些年到高邮来寻访汪曾祺故居、故人、故事的文学研究者、作家、汪迷越来越多。我最早接待过作家苏北，一九八八年我和他一起逛了东门大街，爬了大河塘（运河堤），登了文游台，拜了王氏纪念馆，还偷偷地去打量了一番汪曾祺小说《皮凤三楦房子》里的高大头原型，他当时在用一台手摇机器缝皮鞋。我们俩一致肯定，汪老描绘的“倒放的鸭梨”跟高大头的头像极了！

有幸生在高邮这座历史文化名城，作为汪老家乡一个文学爱好者，可以说，他笔下高邮的河流、巷子、旧居、街道、寺庙、药店、铺面……我都有涉足，可当索隐；他展现过的高邮人与物产，我一一印证，如读方志。如果文学精神有辐射的功能，我今生能从事文学创作与编辑，也是一种其来有自的传承与延续。

说起来，与汪老之间，我自认有一种特殊的文学缘分。一九八六年第五期《雨花》发表了汪老的散文《故乡的食物》，我发现在“焦屑和炒米”一节里“暖老温贫”四字缺失，斗胆给汪老写了信求证。他立即给我回信，说这篇散文将来如果收集子，当依照我提供的资料改正，并盼望我来信谈谈高邮的现状。这封信我已经捐给了汪曾祺纪念馆。他一定想不到，这样的读写往来，对家乡的小青工带来多么深远的影响，并且在三十多年后会编选他的《故里杂记》。

这本《故里杂记》选入二十九个短篇小说，集中反映了高邮的世情人物、风土乡俗，写尽了平凡市民“人活一世，草木一秋”的美感与哀愁。这里有百工居肆、人情丰稀，读者可以当一部朴素洁净的“高邮梦华录”来细读了。

王树兴

二〇一九年十二月八日

图书在版编目（CIP）数据

故里杂记 / 汪曾祺著．—杭州：浙江文艺出版社，2020.5（2021.1 重印）
ISBN 978-7-5339-6018-6

Ⅰ．①故… Ⅱ．①汪… Ⅲ．①短篇小说－小说集－中国－当代 Ⅳ．① I247.7

中国版本图书馆 CIP 数据核字（2020）第 012223 号

故里杂记　　汪曾祺　著

出版策划　星汉文章　读蜜传媒

出版统筹　金马洛　　选题策划　李建新　　责任编辑　瞿昌林

文字编辑　王　挺　　装帧设计　生生书房　　排版制作　胡亚超

责任印制　张丽敏

出版发行　浙江文艺出版社

网　　址　www.zjwycbs.cn

联系电话　0571-85152727（发行部）

经　　销　浙江省新华书店集团有限公司

印　　刷　浙江新华数码印务有限公司

开　　本　787 毫米 ×1092 毫米　1/32　　字　　数　168 千字

印　　张　9.5　　插　　页　4

版　　次　2020 年 5 月第 1 版

印　　次　2021 年 1 月第 2 次印刷

书　　号　ISBN 978-7-5339-6018-6

定　　价　32.00 元

版权所有　违者必究

（如有印装质量问题，请寄承印单位调换）